# 这难得的世间

傅雷 著

江苏凤凰文艺出版社

人一辈子都在高潮低潮中浮沉，
唯有庸碌的人，生活才如死水一般。

不经过战斗的舍弃是虚伪的，不经劫难磨炼的超脱是轻佻的，逃避现实的明哲是卑怯的；中庸、苟且、小智小慧，是我们的致命伤。

世界上最纯洁的欢乐，莫过于欣赏艺术……

生性并不“薄情”的人，在行动上做得跟“薄情”一样，是最冤枉的犯不着的。正如一个并不调皮的人要调皮而结果反而吃亏，一个道理。

假如你能掀动听众的感情，使他们如醉如痴，哭笑无常。而你自我屹如泰山，像调度千军万马一样的大将军一样不动声色。那才是你最大的成功，才是到了艺术与人生最高的境界。

得失成败尽量置之度外，只求竭其所能，无愧于心。

凡是一天到晚闹技巧的人，就是艺术工匠而不是艺术家。一个人跳不出这一关，一辈子也休想梦见艺术！艺术是目的，技巧是手段；老是只注意手段的人，必然忘了它的目的。

一个又一个的筋斗栽过去，只要爬得起来，一定会逐渐攀上高峰，超脱在小我之上。辛酸的眼泪是培养你心灵的酒浆。不经历尖锐的痛苦的人，不会有深厚博大的同情心。

赤子便是不知道孤独的。赤子孤独了，会创造一个世界，创造许多心灵的朋友！

世界上最有力的论证莫如实际行动，最有效的教育莫如以身做则；自我做不到的事千万别要求别人；自我也要犯的毛病先批评自我，先改自我的。

一个人惟有敢于正视现实，正视错误，用理智分析，彻底感悟，才不至于被回忆侵蚀。

咱们一辈子的追求，有史以来有多少世代的人追求的无非是完美。但完美永远是追求不到的，正因人的理想幻想永无止境。所谓完美像水中花镜中月，始终可望不可及。

成就的大小、高低，是不在我们掌握之内的，一半靠人力，一半靠天赋，但只要坚强，就不怕失败，不怕挫折，不怕打击——不管是人事上的，生活上的，技术上的，学术上的——打击。

惟有肉体禁止，精神的活动才最圆满：这是千古不变的定律。

# 目录

## 第二章　永远听不到生命贬值的声音

现实从来不会单纯，沉沦中有伟大，惨剧中还有喜剧。



## 第三章　热爱就是生命的中午

热爱就是生命的中午，活跃的精力达到了最高境界，
发出灿烂的光芒。

## 第四章　站在与命运抗争的血痕中

浴着一道纯洁的光，赤裸裸地站在与命运抗争的血痕中，摆脱了本能，使淳朴的灵魂恢复了它神明的美。



## 第五章　艺术是这世界生生不息的热火

艺术暗示着快要觉醒而奋起的心灵，寻找着这世界永永不灭的生机。

# 第一章

# 赤子孤独了，会创造一个世界

赤子便是不知道孤独的。

赤子孤独了，

会创造一个世界，

创造许多心灵的朋友！

# 傅雷自述

本文是作者在一九五七年“反右”运动中，写出的交代材料；原文共八节，现选摘前五节。——编者注

## 略传

我于一九〇八年三月生于浦东南汇县渔潭乡，家庭是地主成分。四岁丧父；父在辛亥革命时为土豪劣绅所害，入狱三月，出狱后以含冤未得昭雪，抑郁而死，年仅二十四。我的二弟一妹，均以母亲出外奔走，家中无人照顾而死。母氏早年守寡（亦二十四岁），常以报仇为训。因她常年悲愤，以泪洗面；对我又督教极严，十六岁尚夏楚不离身，故我童年只见愁容，不闻笑声。七岁延老贡生在家课读“四书”“五经”，兼请英文及算术教师课读。十一岁考入周浦镇高小二年级，十二岁至上海考入南洋附小四年级（时称交通部上海工业专门学校附小），一年后以顽劣被开除；转徐汇公学读至中学（旧制）一年级，以反宗教被开除。时为十六岁，反

对迷信及一切宗教，言论激烈；在家曾因反对做道场祭祖先，与母亲大起冲突。江浙战争后考入大同大学附中，参加五卅运动，在街头演讲游行。北伐那年，参与驱逐学阀胡敦复运动，写大字报与护校派对抗。后闻吴稚晖（大同校董之一）说我是共产党，要抓我，母亲又从乡间赶来抓回。秋后考入持志大学一年级，觉学风不好，即于是年（一九二七）冬季自费赴法。

在法四年：一方面在巴黎大学文科听课，一方面在巴黎卢佛美术史学校听课。但读书并不用功。一九二九年夏去瑞士三月，一九三〇年春去比利时做短期旅行，一九三一年春去意大利二月，在罗马应“意大利皇家地理学会”之约，演讲国民军北伐与北洋军阀斗争的意义。留法期间与外人来往较多，其中有大学教授，有批评家，有汉学家，有音乐家，有巴黎美专的校长及其他老年画家；与本国留学生接触较少。一九二八年在巴黎认识刘海粟及其他美术学生，常为刘海粟任口译，为其向法国教育部美术司活动，由法政府购刘之作品一件。一九二九年滕固流亡海外，去德读书，道经巴黎，因与相识。我于一九三一年秋回国，抵沪之日适逢九一八事变。

一九三一年冬即入上海美专教美术史及法文。一九三二年一月在沪结婚。一九三二年一月二十八日事变发生，美专停课，哈瓦斯通讯社（法新社前身）成立，由留法同学王子贯介绍充当笔译，半年即离去。当时与黎烈文同事；我离去后，胡愈之、费彝明相继入内工作，我仍回美专任教。一九三三年九月，母亲去世，即辞去美专教务。因（一）年少不学，自认为无资格教书，母亲在日，以我在国外未得学位，再不工作她更伤心；且彼时经济独立，母亲只月贴数十元，不能不自己谋生；（二）刘海粟待我个人极好，但待别人刻薄，办学纯是商店作风，我非常看不惯，故母亲一死即辞职。

一九三四年秋，友人叶常青约我合办《时事汇报》——周刊，以各日报消息分类重编；我任总编辑，半夜在印刷所看拼版，是为接触印刷出版事业之始。三个月后，该刊即以经济亏折而停办。我为股东之一，赔了一千元，卖田十亩以偿。

一九三五年二月，滕固招往南京"中央古物保管委员会"任编审科科长，与许宝驹同事。在职四个月，译了一部《各国古物保管法规汇编》。该会旋缩小机构，并入内政部，我即离去。

一九三六年冬，滕固又约我以"中央古物保管会专门委员"名义，去洛阳考察龙门石刻，随带摄影师一人，研究如何保管问题。两个月后，内政部要我做会计手续报账，我一

怒而辞职回家，适在双十二事变之后。

一九三七年七月八日，卢沟桥事变后一日，应福建省教育厅之约；去福州为“中等学校教师暑期讲习班”讲美术史大要。以时局紧张，加速讲完，于八月四日回沪，得悉南京政府决定抗日，即于八月六日携家乘船去香港，转广西避难。因友人叶常青外家马氏为广西蒙山人，拟往投奔。但因故在梧州搁浅，三个月后进退不得，仍于十一月间经由香港回沪，时适逢国民党军队自大场撤退。

一九三九年二月，滕固任国立艺专校长，时北京与杭州二校合并，迁在昆明，来电招往担任教务主任。我从香港转越南入滇。未就职，仅草一课程纲要（曾因此请教闻一多），以学生分子复杂，主张甄别试验，淘汰一部分，与滕固意见不合，五月中离滇经原路回上海。从此至一九四八年均住上海。抗战期间闭门不出，东不至黄浦江，北不至白渡桥，避免向日本宪兵行礼，亦是鸵鸟办法。

一九四七、一九四八两年以肺病两次去庐山疗养三个月。一九四八年十一月以上海情形混乱，适友人宋奇拟在昆明办一进出口行，以我为旧游之地，嘱往筹备。乃全家又去昆明。所谓办进出口行，仅与当地中国银行谈过一次话，根本未进行。全家在旅馆内住了七个月，于一九四九年六月乘飞机去香港，十二月乘船至天津，转道回沪，以迄于今。当

时以傅聪与我常起冲突，故留在昆明住读，托友人照管，直至一九五一年四月方始回家。

### 经济情况与健康情况

母亲死后，田租收入一年只够六个月开支、其余靠卖田过活。抗战前一年，一次卖去一百余亩故次年抗战发生，有川资到广西避难。以后每年卖田，至一九四八年只剩二百余亩（原共四百余亩）。一九四八年去昆明，是卖了田，顶了上海住屋做旅费的。昆明生活费亦赖此维持。我去昆明虽受友人之托，实际并未受他半文酬劳或津贴。一九四九年十二月二十日回上海后，仍靠这笔用剩的钱度日。同时三联书店付了一部分积存稿费与我，自一九五一年起全部以稿费为生。

过去身体不强壮，但亦不害病。一九四七、一九四八两年患肺病，一九五〇——一九五一年又复发一次。一九五五年一月在锦江饭店坠楼伤腿，卧床数月，至今天气阴湿即发作。记忆力不佳虽与健康无关，但是最大苦闷，特别是说话随说随忘。做翻译工作亦有大妨碍，外文生字随查随忘，我在生字簿上，记的重复生字特别多。以此，又以常年伏案，腰酸背痛已成为职业病，久坐起立，身如弯弓。一九五六年起脑

力工作已不能持久，晚间不易入睡，今年起稍一疲劳即头痛。

### 写作生活

十五六岁在徐汇公学，受杨贤江主编的《学生》杂志影响，同时订阅《小说月报》，被神父没收。曾与三四同学办一手写不定期文艺刊物互相传阅，第一期还是文言的。十八岁，始以短篇小说投寄胡寄尘编的《小说世界》（商务），孙福熙编的《北新》周刊。十九岁冬天出国，一路写《法行通信》十四篇（应是十五篇），五万余字，载孙福熙编的《贡献》半月刊（应是《贡献》旬刊）。

二十岁在巴黎，为了学法文，曾翻译都德的两个短篇小说集，梅里美的《嘉尔曼》，均未投稿，仅当作学习文字的训练，绝未想到正式翻译，故稿子如何丢的亦不记忆。是时受罗曼·罗兰影响，热爱音乐。回国后于一九三一年即译《贝多芬传》。以后自知无能力从事创作，方逐渐转到翻译（详见附表）。抗战前曾为《时事新报·学灯》翻译法国文学论文。抗战后为《文汇报》写过一篇“星期评论”，为《笔会》写过美术批评，为《民主》、《周报》亦写过时事文章。抗战期间，以假名为柯灵编的《万象》写过一篇“评张爱玲”（《论

张爱玲的小说》），后来被满涛化名写文痛骂。

一九三二年冬在美专期间，曾与倪贻德合编《艺术旬刊》，由上海美专出版，半年即停刊。

一九四五年冬与周煦良合编《新语》半月刊，为综合性杂志，约马老、夏丏老（马老，即马叙伦；夏丏老，即夏丏尊）等写文。以取稿条件过严，稿源成问题，出八期即停。

## 历年翻译书目

| 原作者 | 书名 | 字数 | 出版年代 | 出版社 | 附注 |
|---|---|---|---|---|---|
| 1/ 斐列浦·苏卜 | 夏洛外传 | 六万三 | 一九三三 | 自己 | 自费印刷 |
| 2/ 罗曼·罗兰 | 托尔斯泰传 | 十三万 | 一九三五 | 商务 | 解放后停出 |
| 3/ 罗曼·罗兰 | 弥盖朗琪罗传 | 八万七 | 一九三五 | 商务 | 解放后停出 |
| 4/ 罗曼·罗兰 | 贝多芬传 | 六万二 | 一九四六 | 骆驼—三联 | 一九五一年起停出 |
| 5/ 罗曼·罗兰 | 约翰·克利斯朵夫 | 一百二十万 | 一九三六—一九四一 | 商务 | 商务系初译本后改归骆驼 |
| 罗曼·罗兰 | 约翰·克利斯朵夫 | 一百二十万 | 一九五二—一九五三 | 平明 | 重译本，改归平明，今归人文 |
| 6/ 莫洛阿 | 恋爱与牺牲 | 十万 | 一九三六 | 商务 | 停出 |
| 7/ 莫洛阿 | 人生五大问题 | 七成 | 一九三五 | 商务 | 停出 |

| | | | | | |
|---|---|---|---|---|---|
| 8/ 莫洛阿 | 服尔德传 | 六万五 | 一九三六 | 商务 | 停出 |
| 9/ 杜哈曼 | 文明 | 十一万七 | 一九四七 | 南国 | 久已绝版，去年人文重印一版 |
| 10/ 巴尔扎克 | 亚尔培·萨伐龙 | 五万 | 一九四七 | 骆驼 | 停出 |
| 11/ 巴尔扎克 | 高老头 | 十八万六 | 一九四六—一九五三 | 骆驼— | 平明骆驼系初译本平明系重译本 |
| 12/ 巴尔扎克 | 欧也妮·葛朗台 | 十三万九 | 一九四九 | 骆驼—平明—人文 | |
| 13/ 巴尔扎克 | 贝姨 | 三十一万六 | 一九五一 | 平明—人文 | |
| 14/ 巴尔扎克 | 邦斯舅舅 | 二十三万八 | 一九五一 | 平明—人文 | |
| 15/ 巴尔扎克 | 夏倍上校 | 十七万六 | 一九五四 | 平明—人文 | |
| 16/ 巴尔扎克 | 于絮尔·弥罗埃 | 十六万五 | 一九五六 | 骆驼—人文 | |
| 17/ 伏尔泰 | 老实人 天真汉 | 十一万三 | 一九五五 | 人文 | |
| 18/ 伏尔泰 | 查第格 | 八万三 | 一九五六 | 人文 | |
| 19/ 梅里美 | 嘉尔曼 高龙巴 | 十四万五 | 一九五三 | 平明—人文 | |
| 20/［美］斯诺 | 美苏关系检讨 | 四万八 | 一九四七 | 知识 | 停出 |
| 21/［英］牛顿 | 英国绘画 | 三万 | 一九四八 | 商务 | 绝版—自英文译 |
| 22/［英］罗素 | 幸福之路 | 十万 | 一九四七 | 南国 | 绝版—自英文译 |
| 合计 | 二十二种 | 三百六十八万三千 | | | 现在印行者仅十一种 |

## 社会活动

少年时代参加五卅运动及反学阀运动。未加入国民党。抗战胜利后愤于蒋政府之腐败，接收时之黑暗，曾在马叙伦、陈叔通、陈陶遗、张菊生等数老联合发表宣言反蒋时，做联系工作。此即“民主促进会”之酝酿阶段。及“民进”于上海中国科学社开成立大会之日，讨论会章，理事原定三人，当场改为五人，七人，九人，至十一人时，我发言：全体会员不过三十人左右，理事名额不宜再加。但其他会员仍主张增加，从十一人，十三人，一直增到二十一人。我当时即决定不再参加“民进”，并于会场上疏通熟人不要投我的票，故开票时我仅为候补理事。从此我即不再出席会议。一九五〇年后马老一再来信嘱我回“民进”，均婉谢。去年“民进”开全国代表大会，有提名我为中委候选人消息，我即去电力辞；并分函马老、徐伯昕、周煦良三人，恳请代为开脱。

去年下半年，“民盟”托裘柱常来动员我两次，均辞谢。最近问裘，知系刘思慕主动。

## 其他活动

一九三六年夏，为亡友张弦在上海举办“绘画遗作展览会”。张生前为美专学生出身之教授，受美专剥削，抑郁而死；故我约了他几个老同学办此遗作展览，并在筹备会上与刘海粟决裂，以此绝交二十年。

一九四四年为黄宾虹先生（时寓北京）在上海宁波同乡会举办“八秩纪念书画展览会”。因黄老一生未有个人展览会，故联合裘柱常夫妇去信争取黄老同意，并邀张菊生、叶玉甫、陈叔通、邓秋放、高吹万、秦曼青等十余黄氏老友署名为发起人。我认识诸老即从此起，特别是陈叔通，此后过从甚密。

一九四五年抗战胜利后，庞薰琹自蜀回沪，经我怂恿，在上海复旦大学礼堂举行画展，筹备事宜均我负责。

一九四六年为傅聪钢琴老师、意大利音乐家梅百器举行“追悼音乐会”。此是与梅氏大弟子如裘复生、杨嘉仁等共同发起，由我与裘实际负责。参加表演的有梅氏晚年弟子董

光光、周广仁、巫漪丽、傅聪等。

一九四八年为亡友作曲家谭小麟组织遗作保管委员会。时适逢金圆券时期，社会混乱，无法印行；仅与沈知白、陈又新等整理遗稿，觅人钞谱。今年春天又托裘复生将此项乐谱晒印蓝图数份，并请沈知白校订。最近请人在沪歌唱其所作三个乐曲，由电台录音后，将胶带与所晒蓝图一份，托巴金带往北京交与周扬同志。希望审查后能作为“五四以后音乐作品”出版。

一九四四年冬至一九四五年春，以沦陷时期精神苦闷，曾组织十余友人每半个月集会一次，但无名义、无形式，事先指定一人做小型专题讲话，在各人家中（地方较大的）轮流举行，并备茶点。参加的有姜椿芳、宋悌芬、周煦良、裘复生、裘劭恒、朱滨生（眼耳喉科医生）、伍子昂（建筑师）以上二人均邻居、雷垣、沈知白、陈西禾、满涛、周梦白等（周为东吴大学历史教授，裘劭恒介绍）。记得我谈过中国画，宋悌芬谈过英国诗，周煦良谈过《红楼梦》，裘复生谈过荧光管原理，雷垣谈过相对论入门，沈知白谈过中国音乐，伍子昂谈过近代建筑。每次谈话后必对国内外大局交换情报及意见。此种集会至解放前一二个月停止举行。

解放后，第一次全国文代听说有我名字，我尚在昆明；第二次全国文代，我在沪，未出席。一九五四年北京举行翻译会议，未出席，寄了一份意见书去。自一九四九年过天津返沪前，曾去北京三天看过楼适夷、徐伯昕、钱钟书后，直至今年三月宣传会议才去北京。去年六月曾参加上海政协参观建设访问团。

# 傅聪的成长

本文载于《新观察》一九五七年第八期，后转载于其他书刊。现据手稿补全了一大段当年被删去的傅雷关于教育的几个基本观念。

本刊编者要我谈谈傅聪的成长，认为他的学习经过可能对一般青年有所启发。当然，我的教育方法是有缺点的；今日的傅聪，从整个发展来看也跟完美二字差得很远。但优点也好，缺点也好，都可供人借镜。现在先谈谈我对教育的几个基本观念：

第一，把人格教育看做主要，把知识与技术的传授看做次要。童年时代与少年时代的教育重点，应当在伦理与道德方面，不能允许任何一桩生活琐事违反理性和最广义的做人之道；一切都以明辨是非，坚持真理，拥护正义，爱憎分明，守公德，守纪律，诚实不欺，质朴无华，勤劳耐苦为原则。

第二，把艺术教育只当做全面教育的一部分。让孩子学艺术，并不一定要他成为艺术家。尽管傅聪很早学钢琴，我却始终准备他更弦易辙，按照发展情况而随时改行的。

第三，即以音乐教育而论，也决不能仅仅培养音乐一门，正如学画的不能单注意绘画，学雕塑学戏剧的，不能只注意雕塑与戏剧一样，需要以全面的文学艺术修养为基础。

以上几项原则可用具体事例来说明。

傅聪三岁至四岁之间，站在小凳上，头刚好伸到和我的书桌一样高的时候，就爱听古典音乐。只要收音机或唱机上放送西洋乐曲，不论是声乐是器乐，也不论是哪一乐派的作品，他都安安静静的听着，时间久了也不会吵闹或是打瞌睡。我看了心里想："不管他将来学哪一科，能有一个艺术园地耕种，他一辈子受用不尽。"我是存了这种心，才在他七岁半，进小学四年级的秋天，让他开始学钢琴的。

过了一年多，由于孩子学习进度快速，不能不减轻他的负担，我便把他从小学撤回。这并非说我那时已决定他专学音乐，只是认为小学的课程和钢琴学习可能在家里结合

得更好。傅聪到十四岁为止，花在文史和别的学科上的时间，比花在琴上的为多。英文、数学的代数、几何等等，另外请了教师。本国语文的教学主要由我自己掌握：从孔、孟、先秦诸子、国策、左传、晏子春秋、史记、汉书、世说新语等等上选材料，以富有伦理观念与哲学气息、兼有趣味性的故事、寓言、史实为主，以古典诗歌与纯文艺的散文为辅。用意是要把语文知识、道德观念和文艺熏陶结合在一起。我还记得着重向他指出，“民可使由之，不可使知之”的专制政府的荒谬，也强调“左右皆曰不可，勿听；诸大夫皆曰不可，勿听；国人皆曰不可，然后察之”一类的民主思想，“富贵不能淫，贫贱不能移，威武不能屈”那种有关操守的教训，以及“吾日三省吾身”，“人而无信，不知其可也”，“三人行，必有吾师”等等的生活作风。教学方法是从来不直接讲解，是叫孩子事前准备，自己先讲；不了解的文义，只用旁敲侧击的言语指引他，让他自己找出正确的答案来；误解的地方也不直接改正，而是向他发许多问题，使他自动发觉他的矛盾。目的是培养孩子的思考能力与基本逻辑。不过这方法也是有条件的，在悟性较差，智力发达较迟的孩子身上就行不通。

九岁半，傅聪跟了前上海交响乐队的创办人兼指挥，意

大利钢琴家梅百器先生，他是十九世纪大钢琴家李斯特的再传弟子。傅聪在国内所受的唯一严格的钢琴训练，就是在梅百器先生门下的三年。

一九四六年八月，梅百器故世。傅聪换了几个教师，没有遇到合适的；教师们也觉得他是个问题儿童。同时也很不用功，而喜爱音乐的热情并未稍减。从他开始学琴起，每次因为他练琴不努力而我锁上琴，叫他不必再学的时候，每次他都对着琴哭得很伤心。一九四八年，他正课不交卷，私下却乱弹高深的作品，以致杨嘉仁先生也觉得无法教下去了；我便要他改受正规教育，让他以同等学历考入高中（大同）附中。我一向有个成见，认为一个不上不下的空头艺术家最要不得，还不如安分守己学一门实科，对社会多少还能有贡献。不久我们全家去昆明，孩子进了昆明的粤秀中学。一九五〇年秋，他又自作主张，以同等学历考入云南大学外文系一年级。这期间，他的钢琴学习完全停顿，只偶尔为当地的合唱队担任伴奏。

可是他学音乐的念头并没放弃，昆明的青年朋友们也觉得他长此蹉跎太可惜，劝他回家。一九五一年初夏他便离开云大，只身回上海（我们是四九年先回的），跟苏联籍的女

钢琴家勃隆斯丹夫人学了一年。那时（傅聪十七岁）我才肯定傅聪可以专攻音乐；因为他能刻苦用功，在琴上每天工作七八小时，就是酷暑天气，衣裤尽湿，也不稍休；而他对音乐的理解也显出有独到之处。除了琴，那个时期他还另跟老师念英国文学，自己阅读不少政治理论的书籍。五二年夏，勃隆斯丹夫人去加拿大。从此到五四年八月，傅聪又没有钢琴老师了。

五三年夏天，政府给了他一个难得的机会：经过选拔，派他到罗马尼亚去参加“第四届国际青年与学生和平友好联欢节”的钢琴比赛；接着又随我们的艺术代表团去民主德国与波兰做访问演出。他表演的萧邦受到波兰专家们的重视；波兰政府并向我们政府正式提出，邀请傅聪参加一九五五年二月至三月举行的“第五届萧邦国际钢琴比赛”。五四年八月，傅聪由政府正式派往波兰，由波兰的老教授杰维茨基亲自指导，准备比赛节目。比赛终了，政府为了进一步培养他，让他继续留在波兰学习。

在艺术成长的重要关头，遇到新中国成立，政府重视文艺，大力培养人才的伟大时代，不能不说是傅聪莫大的幸运；波兰政府与音乐界热情的帮助，更是促成傅聪走上艺术大道

的重要因素。但像他过去那样不规则的、时断时续的学习经过，在国外音乐青年中是少有的。萧邦比赛大会的总节目上，印有来自世界各国的七十四名选手的音乐资历，其中就以傅聪的资历最贫弱，竟是独一无二的贫弱。这也不足为奇，西洋音乐传入中国为时不过半世纪，师资的缺乏是我们的音乐学生普遍的苦闷。

在这种客观条件之下，傅聪经过不少挫折而还能有些少成绩，在初次去波兰时得到国外音乐界的赞许，据我分析，是由于下列几点：（一）他对音乐的热爱和对艺术的严肃态度，不但始终如一，还随着年龄而俱长，从而加强了他的学习意志，不断的对自己提出严格的要求。无论到哪儿，他一看到琴就坐下来，一听到音乐就把什么都忘了。（二）一九五一、五二两年正是他的艺术心灵开始成熟的时期，而正好他又下了很大的苦功：睡在床上往往还在推敲乐曲的章节句读，斟酌表达的方式，或是背乐谱，有时竟会废寝忘食。手指弹痛了，指尖上包着橡皮膏再弹。五四年冬，波兰女钢琴家斯曼齐安卡到上海，告诉我傅聪常常十个手指都包了橡皮膏登台。（三）自幼培养的独立思考与注重逻辑的习惯，终于起了作用，使他后来虽无良师指导，也能够很有自信的单独摸索，而居然不曾误入歧

途——这一点直到他在罗马尼亚比赛有了成绩，我才得到证实，放了心。（四）他在十二三岁以前所接触和欣赏的音乐，已不限于钢琴乐曲，而是包括多种不同的体裁不同的风格，所以他的音乐视野比较宽广。（五）他不用大人怎样鼓励，从小就喜欢诗歌、小说、戏剧、绘画，对一切美的事物美的风景都有强烈的感受，使他对音乐能从整个艺术的意境，而不限于音乐的意境去体会、补偿了我们音乐传统的不足。不用说，他感情的成熟比一般青年早得多；我素来主张艺术家的理智必须与感情平衡，对傅聪尤其注意这一点，所以在他十四岁以前只给他念田园诗、叙事诗与不太伤感的抒情诗；但他私下偷看了我的藏书，不到十五岁已经醉心于浪漫底克文艺，把南唐后主的词偷偷的背给他弟弟听了。（六）我来往的朋友包括多种职业，医生、律师、工程师、科学家、音乐家、画家、作家、记者都有，谈的题目非常广泛；偏偏孩子从七八岁起专爱躲在客厅门后窃听大人谈话，挥之不去，去而复来，无形中表现出他多方面的好奇心，而平日的所见所闻也加强了和扩大了他的好奇心。家庭中的艺术气氛，关切社会上大小问题的习惯，孩子在长年累月的浸淫之下，在成长的过程中不能说没有影响。我们解放前对蒋介石政权的愤恨，朋友们热烈的政治讨论，孩子也不知不觉的感染了。十四岁那年，他

因为顽劣生事而与我大起冲突的时候，居然想私自到苏北去参加革命。

远在一九五二年，傅聪演奏俄国斯克里亚宾的作品，深受他的老师勃隆斯丹夫人的称赏，她觉得要了解这样一位纯粹斯拉夫灵魂的作家，不是老师所能教授，而要靠学者自己心领神会的。五三年他在罗马尼亚演奏斯克里亚宾作品，苏联的青年钢琴选手们都为之感动得下泪。未参加萧邦比赛以前，他弹的萧邦已被波兰的教授们认为“富有萧邦的灵魂”，甚至说他是“一个中国籍贯的波兰人”。比赛期间，评判员中巴西的女钢琴家，七十高龄的塔里番洛夫人对傅聪说：“富有很大的才具，真正的音乐才具。除了非常敏感以外，你还有热烈的、慷慨激昂的气质，悲壮的感情，异乎寻常的精致，微妙的色觉，还有最难得的一点，就是少有的细腻与高雅的意境，特别像在你的《玛祖卡》中表现的。我历任第二、三、四届的评判员，从未听见这样天才式的《玛祖卡》。这是有历史意义的：一个中国人创造了真正《玛祖卡》的表达风格。”英国的评判员路易士·坎特讷对他自己的学生们说：“傅聪的《玛祖卡》真是奇妙，在我简直是一个梦，不能相信真有其事。我无法想象那么多的层次，那么典雅，又有那么多的节奏，典型的波兰玛

祖卡节奏。”意大利评判员，钢琴家阿高斯蒂教授对傅聪说：“只有古老的文明才能给你那么多难得的天赋，萧邦的意境很像中国艺术的意境。”

这位意大利教授的评语，无意中解答了大家心中的一个谜。因为傅聪在萧邦比赛前后，在国外引起了一个普遍的问题：一个中国青年怎么能理解西洋音乐如此深切，尤其是在音乐家中风格极难掌握的萧邦？我和意大利教授一样，认为傅聪这方面的成就大半得力于他对中国古典文化的认识与体会。只有真正了解自己民族的优秀传统精神，具备自己的民族灵魂，才能彻底了解别个民族的优秀传统，渗透他们的灵魂。五六年三月间南斯拉夫的报刊《政治》（*Polilika*）以《钢琴诗人》为题，评论傅聪在南国京城演奏莫扎特和萧邦两支钢琴协奏曲时，也说：“很久以来，我们没有听到变化这样多的触键，使钢琴能显出最微妙的层次的音质。在傅聪的思想与实践中间，在他对于音乐的深刻的理解中间，有一股灵感，达到了纯粹的诗的境界。傅聪的演奏艺术，是从中国艺术传统的高度明确性脱胎出来的。他在琴上表达的诗意，不就是中国古诗的特殊面目之一吗？他镂刻细节的手腕，不是使我们想起中国册页上的画吗？”的确，中国艺术最大的特

色，从诗歌到绘画到戏剧，都讲究乐而不淫，哀而不怨，雍容有度，讲究典雅，自然；反对装腔作势和过火的恶趣，反对无目的的炫耀技巧。而这些也是世界一切高级艺术共同的准则。

但是正如我在傅聪十七岁以前不敢肯定他能专攻音乐一样，现在我也不敢说他将来究竟有多大发展。一个艺术家的路程能走得多远，除了苦修苦练以外，还得看他的天赋；这潜在力的多、少、大、小，谁也无法预言，只有在他不断发掘的过程中慢慢的看出来。傅聪的艺术生涯才不过开端，他知道自己在无穷无尽的艺术天地中只跨了第一步，很小的第一步；不但目前他对他的演奏难得有满意的时候，将来也远远不会对自己完全满意，这是他亲口说的。

我在本文开始时已经说过，我的教育不是没有缺点的，尤其所用的方式过于严厉，过于偏急；因为我强调工作纪律与生活纪律，傅聪的童年时代与少年时代，远不如一般青少年的轻松快乐，无忧无虑。虽然如此，傅聪目前的生活方式仍不免散漫。他的这点缺陷，当然还有不少别的，都证明我的教育并没完全成功。可是有一个基本原则，我始终觉得并

不错误，就是：做人第一，其次才是做艺术家，再其次才是做音乐家，最后才是做钢琴家[①]。或许这个原则对旁的学科的青年也能适用。

一九五六年十一月十九日

① 我说“做人”是广义的：私德、公德，都包括在内；主要对集体负责，对国家、对人民负责。

# 天涯海角

我的炳源：

三十日深夜，我们红晕着眼睛握别后，回到舱中只是一声两声，断断续续地叹气。同室的洪君，他是多么天真而浑然啊！他非但一些也没有别意，就连我这样惹人注意的愁态都没有察觉。一方面我故为他庆幸，另一方面却因为自己的孤独更觉凄怆！

那天晚上在起重机辘辘的巨声中，做了许多的梦（想那晚送我的人都会做这样的梦吧！）梦见你还在船上，梦见你我还坐在饭厅的一隅对泣。我有梦见母亲，叔父（我称姑母为叔父的），梅，以及一切送我的朋友。但都是似烟似雾的一闪便消逝了。到醒来最清楚的回忆，便是你我对泣的一

幕。和仑布叫我好好学习Francais的一幕。这两天来，这两重梦影还不时地在眼帘里隐约；尤其是仑布的“好好学习Francais”的一句，时时在耳中鸣叫着。

那，那诚挚恳切的友谊啊，深深地铭携在我的心版上了！

我们的船，原定是昨天（三十一日）清早开的；不料到我们用过早茶后还未动弹。后来去问Maiter d'hotel，才知道已延迟到下午一时了。我心里一动，便想在上岸到叔父家里去一次，母亲一定还在那边。我想：这样突然地回去，一定会使他们惊喜交集。

已经上了岸，重复看见才别的上海的马路，忽一转念竟马上退了回来。实在，我不愿，我不敢再去沾惹第二次不必要的不可念的流泪了！

午后一时前二十分，我就等在甲板上，要看开船。不料左等右等，直到了两点，才听见一声汽笛，通岸上的两条梯子抽去了一跳，水手们也急急忙忙地找着地位，解缆。更等了好一会儿，才见最后的一条回家之路中断！在昨夜，你我分别时，真恨船为何不多留几小时。到今天因为急于要看船

之初动，反恨它为何再三的拖延着不开了。至此，船的梯子统统抽去，船身也渐渐的横到浦心时，不觉又悲从中来，恨它为何这样无情，竟尔舍弃了我的上海，把我和一切亲爱的人隔绝得远远了！唉，矛盾哈！矛盾啊！

岸上，船上，三四白巾摇摇挥舞着；船首左右，三四海鸥翱翔着，她们是来送别呢！她们又把你我昨夜的离情唤起了，她们更把一切的亲友们依依之意重复传了过来。但不久也便无影无踪地不见了，大概也深知“送君千里，终须一别”的悲梗的道理吧？

三十夜的难堪，真是稀有的。渺小的我，零余的我，在区区二十年中，忧患也经得不少，悲泪也洒过许多；但这种生离的酸味，却是平生第一次呢！

我所有的，仅有的亲戚，朋友，爱人一个不遗地都赶来送别！燮均，临照为了我在南站北四川河间奔波了好几次；雷垣为了我，在极少极少离校的常态中破了例，丢了考课卷，从课堂里一口气赶到。更累他们在船上摸索了半个小时多！还有理想中赶不到的我的唯一的叔父，也竟会冒着重寒，在暮色苍茫中，从浦江彼岸飞渡过来，使我于万分惆怅的感触

中，更加添了热辣辣的醋意！

那夜的聚餐，更是梦想不到的！虽然别离就在眼前，但大家都还兴高采烈地壮我心胆。健谈的仑布，更是开了话匣子，滔滔不绝。然而勉强的挣扎终于无用，最后的一刹那还是临到了。当铁冷夫人开始触破这一层薄纸时，我已满眶热泪，竭力抑忍了。到叔父和我道别时，眼镜上已沾染了一层薄雾。下楼来上汽车时，母亲的几句极简单的“保重！保重！”等话，实在不能使我再克制了。汽车一动，我的泉源也排山倒海似的追踪着绝尘的车影而淌下来了！我火山一般的热情，完全从几分钟前强制的束缚中解散出来！……我倚着你的肩，我只能流泪！

重到船上，朋友中最刚强的垣均，竭力把强心剂给我注射着；你也在三地叫我不要难过，我也记起临照赠诗中的几句：

“劝他声：别悲哀！

为脱烦恼，学成归来。”

然而这些鼓励，这些回忆，只有更加增我的惆怅，更开

放了我的泪泉！人世的污浊的愤忿与厌恶，现实的别离与同情，过去的悔恨和惭愧……切，一切的感激，悲哀，愤怒，幽怨，抑郁的情绪，一齐搅和了，混合了，奔向我的……

船之初动也看到了，海面的辽阔也拜识了，宇宙的伟大也领略了，波浪的沉静也在面前流过了，吼叫的狂涛也在耳边听惯了，月夜的皎洁神秘，也窥到了，朝阳的和蔼现实，也感到了。高洁的未来的曙光，伟大的，雄壮的希望，似乎把我充实了许多，似乎把我激励了不少。但是，朋友啊！一刹那的兴奋过后，总袭来了空虚的无聊！我实在不知这一月如何消磨过呢！

船上食宿俱惯，只是言语隔膜，稍感痛苦耳。茶房都是汕头人，潮州人，法语也不大通，普通话更不必说，只此略觉不便。昨日为一九二八年第一日，船上也是照常地过去：沉闷的，寂寞的生活！海中昨日颇平稳，今日稍有风浪。紧贴船身的碧油油的绿波不见了，只是狂吼的怒涛汹涌着，击撞的白沫跳跃着，汪洋的海面，不时地在圆窗中一高一低的翻腾。可是我倒还不觉得异样，只是走路时地上很滑，又加船身稍有倾侧，故需加意留神耳。路中平安，第一足慰远念，是吗？

此信昨天写起，今天重复誊了，又添了一些，想明日到香港发。只是心绪紊乱不堪，所言毫无次序。恐怕你看了愈觉得“怒安心乱如此，前途未可乐观”吧？然而系念我的，想望我的，却急于要知道我上海的消息，所以也就胡乱写了些，托孙先生为我公布了！

你给我的圣牌，我扣在贴身的衣纽上，我温偎着它，便好像温偎着你！在旅途难堪中，稍得一些慰安。朋友！你放心，我绝不因我无信仰而丢弃它的！我已把它看作你的代表了！

好了，信暂止于此。但望珍重！以后通信，亦唯在此借花献佛，诸亲友处不能一一矣。原谅我！

你的怒安

一九八二年一月二日

于 Andre-Lebon 来到香港时

# 离愁别梦

牟均，燮均：

一九二七年末日前夜，我们在凄凄惨惨戚戚的咽呜中，握了最后一手之后，迄今已快半月了！

在朦胧臆测之中，过了浙闽诸省的海关。复在雨意重重中，别了挥臂牵袂的九龙，过了“英国人的乐园”的香港；更踏到了法威赫赫的西贡。现在正离开了新加坡，向印度洋驶去；大概明后天便要一撄其锋了吧！

怯弱的我，带着委委屈屈的隐情，含着孤孤寒寒的愁意，抱着渺渺茫茫的希望，无可奈何上了船，割弃了所有的爱我的亲戚朋友，鼓着青年时仅有的一些活力，望着大海中飞去。

不料天地之广大，宇宙之奇观，只使我更落到彷徨无措之悲号苦境中罢了。

自西贡启程后，因几天的安定更衬出海神的播弄。我只能在床上躺了整整的一天。静听着窗外的海波轰轰地击撞过来更听它峥然地波花四溅开。可怜的稚嫩的我的心啊，只被它击撞到摇摇欲坠；抑压的无量数的我的愁啊，只被它丝丝乱抽。心中只是被一阵阵焦急烦闷占据着，化出来的浓烟，便浮在脑中酝作乌云。

我想到动身前三夜的母亲的谆嘱告诫。她自从答应我去国外的时候，在凄惶的允许的言辞中，已满蓄了无限的期望勉励之意。其后在一个半月的筹备期中，见到我时，终提起那悲痛激励的话头。到临走前之夜，更是满面纵横着泪水的致她那最热烈、最急切的希望！在断断续续的哽咽中，泣诉她一生悲惨的命运的，最后的曙光！啊，母亲啊！我那时是如何地感泣，如何地郑重应承你那再三的一句话：“你数年来在国内的操守，千万不可丧失啊！”啊，母亲！我数年来的流浪颓废的生涯，只在死气沉沉、苦闷窒塞中待命；你却还以为我说有嗜好不会，游荡是我的操守呢！母亲啊，你这句话真使我心底的泪泉奔涌！我更想到十六年来母子二人相

依为命的环境。国家多故，生活堪虞，母亲以一屡经患难之身，何能再受意外之激荡？此五年啊，五年，母亲！我实在有些放不下你！我家风雨飘摇的危期，是由你，母亲啊，撑持过去了。然而环伺我们的敌人，又怎保得不乘此罅隙，再来袭击！而且，你素性坚强，些许小病，从不介怀，伤风咳嗽，永不延医。尚记得，你有几次卧病了，还力拒服药；直到你要我服药，我以你也须延医为条件时，你才勉许。这五年中怎保得病的恶魔不来侵扰，天气的轻变不使你感冒呢？母亲啊，这些，这些，凡是我所不能放怀的，你统不放在心上，你竟不坚持地允许我的远离，数万里的远离！你竟不踌躇地答应我的长别，四五载的长别！你只是鉴于父亲前车覆辙，而再三再四地叮嘱我："交友啊，要好好当心！"更进一层地你三番二次地对我说："如果你去后发现你身体不好，或是有什么不惯时，你应立刻归来，切不可以为重洋跋涉，一无所有，羞见父老，而勉强挣持！儿呀，你千万要听我这话！……"说时你是声泪俱下了！母亲啊，你竟是没有了你自己，只有你儿子一人了！你的世界里，你是早已把你自己和父亲同时取消了！现在的你是只为我而生活着，母亲啊，你的爱啊！你的伟大啊！你的无微不至的爱啊！你的真诚彻底，无目的的爱啊！

我更回溯我渺小而短促的二十年生命中，除了前四年是被父亲母亲共同抚育教养之外，其余的十六岁都是母亲啊，你一手造成的！你为了我的倔强，你为了我的使气，你为了我的无赖，你为了我的嬉游，这十六年中不知流过了几千万斛的眼泪！尤其是最近几年，更常常为了一些小事和你争闹，竟闹得天翻地覆，不得开交。所谓大逆不道的事，我都闹过了。我只为你爱我而束缚我而反抗、而怒号、而咆哮。我几次演成家庭的悲剧！你都曾极忍辱地隐忍了、容纳了。你还是一心一意把你的每滴血都滴到我的血管里，你还是一心一意把你所有的精液灌到我每个纤维里！母亲啊，你之于我，只有宽恕！只有原宥！只有温存的爱抚！你一切的抑郁呜咽，只有在夜静更深的时候，独自听得的！……

然而母亲，你十六年的心血的结晶的我，负了这般重大的使命而在大海中彷徨，而在黑暗中摸索；坚定确定的观念，隐隐中又已起了动摇！母亲常说我“心活”，母亲，我的确有些心活！然我不得不心活啊！我的心真是在怎样的压迫之下哟！

我更想到上船的一幕。你泪眼晶莹地上汽车，你眼见一生的唯一的曙光的儿子，将要像断线的鹞子一般独自在天际

翱翔，独自在海边觅食了。慈母的企念永不能有效力，殷勤恳挚的教育再不能达到！你竟把你泪血的交流培养长大的孤雏一朝撤手了！母亲，我能想到你那晚汽车中的流泪，比我痴立街头靠着炳源不住抽咽的泪还要多；我更可想到这十几天来的你的午夜梦回，你的晨鸡唱觉，比我的离愁别梦，比我为海病凄惶，更要苦楚悒郁到万倍！

五年啊，五年啊，母亲！这五年的一千八百多的长夜，你将如何地过去啊？

母亲，你是有失眠症的。往往夜里做活，到半夜过后才上床，到了三点一响便醒，再起来点着灯独坐做活的光景，现在复在我眼前憧憬了！

母亲，你是有脚气病的。往往白天多走了路，夜里便要脚肿得穿不上鞋。行前我回家的几天，我仍是这般的大意，后来从家里出来上汽车时，那忠恳的女佣偷偷地郑重地说：母亲这几天又在脚肿啊！母亲，我再三托叔父陪你看医生，不知现在实行了没有？医生的诊断如何？医生查验的报告如何？不妨吗？无害吗？……

我更想到母亲的多劳：无论乡间的打架吵嘴，或是族中的纠葛讼事，都要诉到我母亲跟前来。甚至学校募捐，穷人写愿，无一不要来烦扰母亲。然而，母亲为了我，已够把她的生命的活力消耗了，更还有什么余暇、什么精神来管这许多闲事？我出门前，拜托族中的长老说："母亲年事渐增，精神渐衰，族事有诸长老主持，乡事有里正绅士评判；老母何能，敢来越俎，谨乞代为婉辞声说谢却！"不知他们已否谅及苦衷？更不知诸乡人能否曲谅，不再上门诉说否？……

唉……我想到母亲的事，真是写不完，说不尽呢！我的心更如何放得下！我竟忍心开口要求她允许我的远离，我竟忍心真真地舍弃了她而上路！我更不知自爱地在大海中彷徨！……母亲啊，我的罪孽，将要和你的至爱永古长存了！

牟均，燮均：我是这样地躺了一日，想了一日，也这样地梦了一日！

我梦见我将要上船，还未上船时的忙乱；亲戚朋友，齐集一堂地预备送我，正像前日一样。我更梦到船的临时延缓开行，和诸亲友意外欢欣地叙谈那珍惜的最后时光。我更梦见母亲临别时的流泪，我也对泣，因此而在梦中哭醒了。醒

来还是白天，三点半的茶还未喝过，船还是那样地把我的脑袋摇晃。于是我揩揩泪痕，又沉入冥想中去了！

这样的梦，梦别离的一幕的梦，差不多梦到五六次以上了。昨夜还是做着这样的梦呢！至于我的冥想，想前途的渺邈，那更是无时无地不想的了！现世的虚空，未来的梦幻，叫我日夜徘徊着！一切的诱惑、种种的恐怖，令我时时刻刻担心着！

牟均啊，于是我更想起你来了！

牟均你是这样地期望我的人，你是这样地爱护我的人！

“青年终该要血气盛一些的了，何况像你这样燃烧得太阳一般的人。袒着胸要拥抱全世界的人。固然是未来的光明人生的象征啊。但我就是为相信了你爱的真诚，愿延留你到人们已到喊得醒的时候。……”

牟均，你是这样地热切地要延留我的人，我应当如何地延留自己！

你更说：

“我们唯一的力是生存呀！有生存才会明白透彻，有生存才有胜利。有所为的人必能有所不为。能守方能言攻。狗偷阿世者要谙练世故，旁观研究者也要谙练世故，革命党尤其要谙练世故。我们不信善恶是天外飞来的。不研究不知人生真相，不知善恶根源。而且防防暗箭躲躲明枪，表示不赞成别人有如此自由，亦不算怯弱啊！……”

牟均，你这样的轰天大炮，的确对准了我的厌世的人生观，的确参透了我的人生的烦闷苦恼了！入世，入世，你如何地叫我“要谙练世故”啊！研究，研究，你如何地要叫我“知人生真相，知善恶根源”啊！朋友，我的确太怯弱了，太怯弱了！我应当入世，我应当研究，我应当勇敢！

牟均，你同信封内的第二信有这样的一段话：

“据福祺的面述，你们赴法的最大原因是逃避烦闷。什么是烦闷？为何要逃避？神经不甚健全的我，不胜其杞忧呢！为的是烦闷的光降，是不可知的。逃避吗？我的闲钱呢？……”

朋友，我现在已经把你的话体验到了。你和燮均才是神经健全的！（我在三十夜，在船上和临照、福祺这样地说过了的。）燮均那晚因为临照的说起烦闷的缘故，也曾发了一阵和你同样的言论。牟均，我告诉你：我此次的赴法，逃避烦闷固然是个大原因，但我之所谓烦闷者，其成分恐怕与福祺的有些不同。因为我的烦闷中，细细地分析起来，还是读书的烦闷、追求人生的烦闷居多。我曾好几次想过：我数年来的颓废生涯，应该告一结束了。空洞的头脑应该使它充实些了。这样我才发了赴法的宏愿的。现在的种种，我只望它是离愁别梦，我只望它是我厌世的悲哀的人生观的余波！我应记住你的希望，我应勉力向着未来前进！我应当为我的母亲，为我的朋友，为我的爱人，为我自己，勉力延留着！

我更该记住燮均在船上的最后的赠言：

“希望你不要忘掉世界上还有这样的一块烂肉！你应当救出在烂肉上受苦的人，你应当敷复这世界的创痕！”

这几句赠言，于我是当然担当不起的。但是我是如何怯弱稚嫩的人，应当竭力肩起这肩不起的担子！

窗外的狂涛，比晨间狂暴得多了。我应当袒着胸去接受印度洋的洪波，我应当把炳源说我的胸中的毒汁（谓我厌世悲观）荡涤净尽！

末了，我应在此向牟均燮均道歉，我常贸然地发表我们私人的通信。并且这样的信，也不直接寄你俩一封。请恕我，我实在无力再抄一遍！这是我的草稿，这是我的誊正！我更应在此向读者诸君道歉，我常以私人的疯狂情绪，来糟蹋你们宝贵的篇幅！（牟均，我真惭愧，还脱不了你的所谓的“臭文人”的习气！）

告终了，祝你俩兄弟快乐！并祝国内的诸亲友都好！

怒安

一九二八年一月十三日，离新加坡后一日

明天一早可到哥仑坡。印度洋竟很驯服呢！

寄语诸亲友放怀释念！

一月十六日下午四时

# 来到这静寂的乡间

春苔先生：

来到这静寂的乡间，匆匆已快旬日了。

在巴时，曾听陈女士说我的第一篇通信已于“贡献”第五期上发表了，我真如何的快慰而又惭愧啊！亟亟热望着我的亲友们，能够读到万里之外游子之音，当然是大家引以为欣喜而慰藉的事。但是浅薄无聊、多愁善感的我，有何贡献，敢来占据你们宝贵的篇幅，惊扰读者的清思？日来功课正忙，趁着这二三天假日，我决意写了这第十六次的通信而把它结束了。

我现在住的是法国略偏西南的维也纳省（Vienne）的省城，博济哀（Poitiers）。全城位处山中，高低栉比的房屋，全是依地势倾斜平坦而筑的。居民四万余。一切公共设备，如图书馆、公园、病院等，也都完备。并是大学区之一，文法理三科学生，有千余，其中以法科为最多，占七八百。我华学生，

除我友王君外，尚有闽鄂两省者三四百人。城中市政，不算讲究；马粪累累，仿佛我想象中之北京。又以山地关系，道路崎岖不平，加以石筑，尤使你走路时左右滑跌。据说夏天少雨，故满街灰尘，竟和不长进的中国一样。初来时四五日，连绵阴雨，丝丝的、细细的，真是闷人。天气也和上海差不多，王君说夏天也极闷热。法国气候，原以南方为佳，巴黎的冬天也是浓雾冻云，灰暗可嫌。此间此时，尚须生火。唯出门时反无中国那样的大西北风，大概四面皆山的缘故吧？

城中教堂最多，有的还是十四五世纪遗物，颓毁之象毕见，然而信徒们还是熙熙攘攘往里祷告去，香火可算盛旺了。交通除有往来巴黎与波尔多（Bordeaux，法国著名产酒地）之火车路过外，繁盛大街，并有七零八落之电车，以及又少又坏的公共汽车，车身之坏，真是莫与伦比！看上去至少比我们的年纪大上一倍。加以道路的不平，尤其你坐上去屁股颠簸得要命。而且不知是开车的机关不灵呢，还是开车的车夫不能干，每次停车开车时，要使立着的乘客前俯后仰一会儿。路线又是短，我一则用不到公车，二则实是有些怕坐，故除了初到时坐过两次外，至今没再领教过。

城中最普遍的是马车（这是马粪累累的主因），无论男

女老幼，都会驾驶着出去收垃圾，送牛奶，运货物，赶市集；又大又污的木轮又沉重，又吃力的在街上轧轧地滚过，有时候开起快车来，我住的房屋也不觉有些震动。此外我们在上海时称为老虎的汽车也不少，但大半是私人的；有的是公司里运货的。至于专门出借的极少，除了火车站外，也没有巴黎那样沿街可雇的汽车，而且车上没有巴黎那样的自动价目表，尤使我们外行人怯于尝试。

影戏院共有三四家，全都集中于 Place Dame 那样的地方。我初到那天，正是星期日，跟着王君从火车站走到大街，路过那 Place 时，只听见不住的锐长的电铃，在东西相望的电影院门口叫着，一大群人挤在阶上等卖票处的窗洞开放。一下子竟使我在巴黎的影像重复闪过。一路上并见一大群的男的，女的，先生，太太，学生，都穿扮得齐齐整整，向着我们的来路跑。那是不言而喻，他们是去调剂他们七日间的疲劳的。我们因为要找房屋，故专往冷落的街上跑，真是少有和我们同路的，所有的都是迎面而来的。

在巴动身时，天气不算好也不算坏，送我的郑君说，在巴黎过冬天，只求其不下雨已很好了。到博济哀时也还算“阴”而不雨，等到往车站旁小旅馆里一放行李时，竟丝毫不留情

地下起来了，一下竟愈下愈起劲，我同王君竟是落汤鸡一样地满城乱窜。

说起小旅馆，那真够讨厌了！满室的陈宿气。既是阴雨寒冷，又是没有一些火可以取暖。电灯高高的和天花板亲近，微弱的光芒几难以烛亮全室的轮廓。窗子是向北的，离窗不远便是比我们占据上风的山坡上的高屋。在又阴森又黑暗的笼罩中，被褥也愈显得不清洁了，加之冲鼻的陈腐气，更使我多疑虑。一个人真是又凄怆，又孤独，又寒冷，又胆怯，我竟连嫌恶的情绪都没有了，满怀只是猜疑恐怖充塞着。

王君也太客气了，一进门便乘我上楼时把旅费付清了，我就是要走也无处走。邻接的旅馆又安知不是难兄难弟呢？何况白丢王君惠钞的旅费，怎好意思！因此就团缩着熬过了一夜，天明时就爬起。老早赶到隔昨说定的新屋去。

在此要找适当的房屋，也颇不易。加之我条件又太苛：价钱虽可稍出多些，但又不能无端地被敲竹杠。房间太小，地位，方向，建筑，新旧，陈设，清洁，都是我极注意的外；还要观看房主是不是古怪冷僻的人，有没有太多的小孩足以妨害工作的情形。尤其是讨厌的，就是大多的出租者，都只

有宿没有吃的。我想，为了吃，一天要跑几次，路又不好走，天气又常不好，真太麻烦了。所以只能累着王君，在淋漓尽致的状态下奔波。我真是如何衷心地对他抱歉啊！

末了，总算找到了一处膳宿相连的地方，出来接洽的是一个三十岁左右的妇人，很会说话，起初开价说膳宿水电一共五百法郎，我就说太贵。王君用中国话和我讨论还的数目，她在旁边便猜着说："四百……二十……"我一听她在四百二字上打了一个顿，我便决定还她四百。因为我们半日的经验，吃饭三百不算贵，房间一百也是公平的价钱。但她说："四百二十吧？"我说："不，四百！"她又说："四百一十吧？""不。四百"我仍是坚持着。她又说"四百零五吧？"我终于肯定地说："实在不能多了，四百！一定，四百！"她踌躇了，末后，说她母亲出去了，不能决定，约我们明天一早再来。但王君又去替我讲了许多话，说我是常住的，说不定要好几年呢，所以临行时她差不多答应了。

翌晨，我和行李一同去时，房间还未收拾好。一会儿，一位五十岁左右的太太进来了，先自己介绍说是 Madame Jacquenim，随后又很客气地说："昨晚不在，很抱歉！不过我的女儿答应得太鲁莽一些……你很知道的：这样的房间太

便宜了！……我想请你稍加一些电费……”她那种纯粹法国式的妇女，满是谦逊、温和、有礼，善于辞令的外表，以及我急于要安顿行李的心情，使我答应她加她五法郎一月。她表示满意之后，还说了好多便宜的话。最后，又郑重其事地对我说：“我请求你，千万不要告诉别人（指同寓者）！因为我从来没有租过这样廉价的房子……真的！先生，我请求你！”哈，好一位会说话、会治家的法国太太！

在巴黎时，旅店主妇也是这样的客气，不过并没有说便宜的话。我租屋是郑君代去接洽的。但临行前夜算账时，她一面结账一面絮絮地同我招呼，付钱时又说希望我下次再光顾，这次真是十分感谢。我走的早上，虽然时间很早，全寓的人差不多都还睡着的时候，但她已起身了，等我东西放好。车正开动时，她在门口出现了：“再会！先生，Bon voyage！先生……”仆妇也在门口说着：“谢谢先生！”那些……那些确使我感到她们的和善有礼。不过在这次找房子经验里，我又感到那些有礼，原是面皮；内心仍还是金钱！她们尽管在招待时怎么殷勤客气，到了要钱时候总是一个生的也不肯轻易放过的。等到目的达到，送你出门时，又完全是春风满面，笑容可掬地满口的再会，道谢了！

本来，人不是完全的动物。在生存的欲望里，谁又免得掉没有那卑鄙的本来？据近日来她们待我的情形观察起来，我感到她们确有如厨川博士说的西方人的情形。他说，他们是以物质为基础而渐渐地走到精神的道上。最初是金钱的交易，以后却慢慢地生出超物质的温情来。不像日本人（博士评论他国人的话）假仁假义地先是温情，而终于露出本相来的那种可怜可鄙。因为人类谁又能离却物质而生存？（这段是我从回忆中写下的《出了象牙之塔》中的大意。）我搬进时，就同她们："因为医生的嘱咐，我不能多食肉，请多给我菜蔬鸡卵之类。"因此她们每逢饭菜中有牛羊肉，必为我易他品，并屡问："什么东西喜欢吃吗？"她们替我更易的食品，也是天天变换的。我第一天吃的那种奶油蛋，至今没吃过第二次。她们原不常食同样的东西的。她们见我不喜食乳饼（fromage 英文名叫 cheese 的），就为我烧牛奶粥，用牛奶放糖和米煮成粥状，我真是第一次尝到，味却不差。有时呢，便给我换成果酱。那种精心费神的照顾，的确令我想不到那是虚伪的！

她，主妇，知道我家里只有母亲一人，她便问我为什么不一同来呢？不是大家都幸福快乐吗？我告诉她，那是不可能的；因为中国的家庭，比西方人的家庭要扰杂得多。但当

她问起我假期中如何消遣时，又问我回家不？当我告诉她路远不能时，她又说了，说不定你的母亲会来探望你！她一人在家，将如何的寂寞而忧闷啊！

她们最喜欢听关于中国的事，一切政治、商业、风俗、饮食、起居，都要问到。可怜我法文程度实在不够，只能极勉强地告诉她一个大概。我说："中国的情形太复杂了，外人不容易观察。"她也说："是的，我们的报纸有时也记载错误了！中国实在太大了，所以不容易明白，也不容易治理。"

她昨晚又问我，有没有母亲的照片？我说没有，她怅然地说："我们从没有看到中国妇女的照片！如果能和一位中国太太一谈，那真如何有味啊……"

唉，母亲！我想不到来此会遇到一位极似母亲，而常提起我母亲的亲切的老人！

刚到几天，为了天气的不好，心绪的不宁，颇不堪其沉闷。近数日渐渐惯适，确感到"自有幽趣"来。我家乡是一块有水有山的半岛。离海虽近，但也从未见到。山是不用说了，连邱冈都没有的。我常以此为憾。此次远行，得领略了天空

海阔，渺渺无涯的景色，激荡着狂涛，怒吼，雪浪悲嘶的壮观，精神上受到了不少的刺激。此来更默处山中，开始度那世上千年的隐士生涯。处在这淳朴的伴侣中过着宁静安闲的日子，那种幸福也是一生不可多得的。故国的稀糟混乱可悲可痛的影子远了，不觉清静了许多。在国内时，不看报又觉厌闷，看报时又是满纸酸心的事，真痛苦极了。然而赤手空拳，徒唤奈何，又有何用。倒是索性隔绝得远些，反较安静。反正是失望了，便不必多去悲伤！

同居的五人，都是学生，大半是学法律的。一个年纪最轻的，只十五岁，是学音乐的。每天晚上回来时，他总是要练习一下钢琴（寓中所备的）。他已能弹 Sonatine 及一切的复杂舞曲了。那又健壮又活泼的少年，真是玫瑰花一般的美丽，露珠一般的明净。新相识的小朋友，我在默默地为你祝福啊！

明天是 Carnaval 节，学校从今天起放假三天。据说在这一天大家可以闹一番的，有人译为“狂欢节”，大概就是这意思。同伴们都回去了，只剩一个塞尔维亚人和我。

每天照例出去散步一次，携带了地图，俾免迷途。我们到大学文科是很近的，只有像从上海的商务书馆到北新书局

（四马路）那些远近。附近又有一个植物园，虽很小，但颇具幽意。门口几棵高过数十丈的树，都赤裸了。可是满园却尽是松柏之类的常青树。深碧的伞形的长松荫下，躺着雪白的浓霜，日光缓缓地移过来了，便渐渐变成晶明的露水，湿润着茂盛滋荣的绿草。我对于草木真是疏远得很，大半的大半，我都不知其名。看这里在这季节的草色还是青绿可爱，可知绝不是和上海枯黄萎倒的草地同种。小小的池塘，寥寥的山石，泪珠似的水，从上面淌下来，流过那倒垂的蔓藤，潜向池中去。石上青苔，厚可盈寸，足见它年岁之久老。树上都有挂名牌，但我仍不相识，就是翻字典也没用的，中国没有的植物，叫编字典的人也无从翻译起！只是看他标的年期，有的竟在一七七四年前后的。有涯的人生，何其渺小得可怜啊！

昨晨去游全城唯一的大公园 Blossac。听着轻微密语的鸟声，看着修剪齐整的树枝。浓绿的森林里，散步的小道蜿蜒地远去，我不禁想起《茵梦湖》里所描写的“林中”来。这些可爱的小孩中，说不定也有着未来的莱因哈德和伊丽莎白呢！

因着地位的关系，我们可以依着 Blossac 的短栏，而远

眺全城。处女般羞怯的 Clain 河，姗姗地在低田中间流过。我五天前在植物园旁边看过Clain雄伟的波流了。河身弯转处，翻着那雪白的软绸，洪大的涛声有如雷鸣；远远地，渐渐地流到下游，在圆形的桥柱旁冲过去，全河面到处是漩涡，像无数的小鱼当天将下雨时一样翻跃欢腾。河旁的低地，与河相差几不及一尺。矮小的房屋，看来像是玩具。洗衣妇全神使劲在捣衣，勤苦的男子在布置着湿透的低园中的植物。还有那有钱人家的考究的楼房，背临着，瞰视着河面，那才是近水楼台呢！

昨天在 Blossac 见到那微弱到几乎静止的水落时，真想不到那是同一的 Clain 河！

在途中，经过香港，经过新加坡，经过哥仑坡，都会看了半山腰的房屋而艳羡，起一种至少须得让我去浏览一下的妄想，不料此时我竟“身在此山中”了。漫长的鸡声，报告着时刻，清脆的犬吠，警戒着来客，温和的太阳普照着大地，微暖的和风拂着我，向我说：“春神快来到了！”啊，那，那，还不是我的故乡吗？我竟从万里外归来了！我竟从万里外归来了！可是，母亲啊，怎只看不见你？

在喧嚣的上海，是听不到鸡鸣犬吠的（有的犬吠，也只是豪富之家的势利狗罢了），在巴黎更不用说，三四月来第一次听到鸡啼呢。每当引吭高歌的余音，响到我耳鼓时，我总要掩卷默想一回，梦幻一回。

在巴时，学昭女士曾和我说："在此见到了有些极像故乡的情景，有些极不像故乡的情景，在这种冲突的同与不同间，我感到很深的感触！"啊，我如今也体验到了。

末了，我想聊带把最近中国留学生的现象报告一些给先生听。一些，只有一些！只请先生检阅一下我们的队而已。

在巴黎（我说的只限巴黎），所有的学生，大半还集中于拉丁区。在这区内的几条繁盛的如 Saint Michel，Saint Germain 几条街上，不用说很容易遇到同国人的。

晚上，从饭馆里出来。照例要在附近散步一回的。因为巴黎人多于鲫，家里只有睡觉的地方，哪容得像中国一样的有你踱步的地方？肚子装满的时候，自然要找个运动一下、舒展一下的地方，白天可以到公园去，晚上只能在街上了。那时才真好看呢，妖形怪状的土娼（简直是野鸡），眼睛四

周涂得碧绿的，嘴唇弄得鲜血直流似的满街都是的出来觅食。一群饿狗似的中国学生（不是说饿狗似的只有中国学生！不过现在我只说中国学生罢了）三三两两，帽子覆在前额，微微地左倾着，挺着满满的肚子，两眼骨溜骨溜地向着她们乱射，嘴里还哼着 "Hello！……”一面走一面又努着嘴和同伴们品评起来。吓，真是十足的中国学生！在上海逛惯了四马路大世界的我家贵同学，到了几万里外的欧洲，原还是君子不忘其本！好一个泱泱大国之风的国民啊，好一个风流公子啊！

我曾同一位友人到过一两次咖啡馆店。（法国的咖啡馆是比中国茶馆还多上十倍的，先生当然知道的了。）他问我要楼上去呢还是楼下，我不懂，问他楼上怎样，楼下怎样。他不响，领着我径往上升。只见一桌桌的扑克麻将，大半是我们的同胞，正喧嚷着勇敢地斗争着。再进去是打弹子的地方。那位朋友便问我了：你要玩什么东西？……打一回弹子吧！啊，惭愧！我是什么玩意儿都不会的。真辜负他们的好意了。于是他又领我下楼来，细细告诉我说，中国学生中有好多是靠赌活命的，他们离开牌（无论扑克麻将）简直不能度日！他又讲给我听，法国卖淫的情形，留学生中有钱的很多包一个妓女（当然是土娼）。陈女士说的男嫖女赌，我看还是男同学本领强，嫖与赌兼而有之呢。

第二天晚上，那朋友又请我去看戏，碰到一位已经在国内得了法学博士出来的同学。他问起我中国的情形，他说："中国国民党现在不是很有势力吗？我有一个知友，同某某某（国内要人恕不称名了）很有些道理……唔，……"他说着非常得意。我真祝贺他有这么一位知友！据说，这位同学因国内的博士不十分神气，所以再到法国来弄一个法国的博士。他正研究刑法，预备回去做审判官。那些话是不是真的，我不敢说。但是他的知友同某某某很有道理的话，却是我亲耳听得的。

不读书而专事花天酒地的既如此，读读书而转念头的又如彼，我真不知中国的青年有何希望呢！

真正头脑清楚、用功读书、确有目标的并不是没有！就我所知，就有好几个。但是依据着全体的比例看来，真是可怜得够了！实在的，国外的学生界，简直糟到和上海一样！真正可称为现代的青年，中国的学生的，同上海一样的稀少罕有！

在领事馆里，我更碰到一件奇事。那天我是去拿国际证的，忽然一位学生模样的中国人，推门进来，一位上级职员

似的出来问他：“有什么事？”他低声地答道：“有共产党的事情报告。”随着那上级职员放下欢迎的脸来：“请进来！”他又跟着进去了。我一听见“共产党”三字，不禁注视了他一下，心里一阵迷糊奇怪。听说他们二党（国民党和共产党）的中国学生，在法也常常手枪见面的。真算得英雄：为党国牺牲！

好了，够了，愈说愈糟，不说也罢！

本来，陈女士老早就叮嘱我说话留意些。她因为说了几句真话，而犯众怒，叫我不必再碰钉子了。但是我偏有些倔强，我说的是真话，又不造半句谣言。要不犯众怒，那除非你不说话！在这世界上，你要说一句公平话时，就犯众怒！她又问我有何党派，我说没有的，她说那更糟了！他们两方可以任意说你是国民党，或是共产党。……啊，那简直无话可说了！

总之一句：留学生糟糕的情形，确是实在的，无可掩饰的！我也不懂，为什么像陈女士所说的，好像大家都有一种无形的默契，从不把留学生界的真相宣诸国内的。可是无论你们怎样包庇隐瞒，你们不求上进，将来到底个个要回国的，

你们数年来的成绩，到底要宣示于国人的耳目之下的！你们实际的能力，也要大大影响于未来的中国的！看，这是我们的将来！

有人说，现在骂人是出风头的好方法。不过，我自问既不是来出风头，也不是来骂人，只是把实在的情形披露一些，让国人知道留学生界的内幕，而大家起来做些严厉的监督！一方面还是希望我们的同学们，醒悟一些，早早回头，想想我们的将来，想想世界上还有一块烂肉，我们一切亲爱的人，便在这块烂肉上，受着蝇蛆的叮！

我的通信完了。一无成绩，只是一大堆乱草，白糟蹋了你们的时间来读它，真是万分抱愧的！希望我能好好地，警策一下，努力一下，将来能勿自沦落，仍以今日的面目与诸亲友相见！

暂别了，我亲爱的朋友们！祝你们都好！

怒安

十七年二月二十夜于 Poitiers

谢春苔先生为我的通信的操劳

# 我们的工作

庚子以还，我们六十年来的工作，几乎可说完全是抄袭模仿的工作：从政治到学术没有一项能够自求生路。君主立宪，共和政治，联省自治，无政府主义以至鲍尔希尔克主义，无一不是从西方现现成成的搬过来的标语和口号。在文学上，浪漫派，唯美派，写实派，普鲁文学，阶级意识；在艺术上，古典派，官学派，印象派，野兽派，表现派，立体派，达达派，只是一些眼花缭乱的新名词。至于产生这些学说派别的历史背景，精神状态，一切因果关系都在置之不问之列。我们的领袖与英雄，不问是哪一界——政治上的或艺术上的——都要把我们的民族三脚并两步地开快车；至于这历史的鸿沟，能否这么容易而且毫无危险地超越，亦在置之不问之列。这种急于上进的热情值得我们十二分地崇拜，但我们稍稍具有自由思想的怀疑者，在他们乱哄哄的叫喊声中，不得不静静

地加一番思考，深恐犯了盲人骑瞎马，黑夜临深渊的大忌而自趋死路。自由思想与怀疑这两种精神，在所谓“左倾”或某个阶级独裁的拥护者目中，自然已被严厉地指斥，谓为“不革命”与“反动”，正如这类思想在十八世纪的欧罗巴被视为“革命”，为“叛逆”一样。这对于他们——不论左右——无异是宗教上的异端邪说，为历代教皇所判罚的“hérénésie”。固然，所谓革命是绝对地肯定的，绝不能有丝毫踌躇。在历史已经准备得很充分，社会已经演化到很恰当程度的国家。这种绝对肯定的精神，也许正是最需要的心理条件。革命理论家要说，在历史未曾准备得充分，社会没有演化到恰当程度的场合，更需要肯定和果断：这也许是对的，如果他的大前提——研究、认识、判断，没有错误的话。然而一个国家，一个民族，到了历史上大转扭的时间，必定是错综万状的一片混乱和矛盾；要从这混乱、矛盾的现象中去打出一条生路，绝非是浅薄的认识与研究，可以成为适当的准备的。法国大革命爆发之前，伏尔泰、狄德罗一班百科全书派的思想家，对于一切政治，哲学上的进程和学说，曾用了何等深刻的研究功夫，然而他们并没立刻拿出一种主张来，强迫人家承认是解决一切的总结论。他们只提出一种方法，一种思考的方法，这方法就是怀疑精神。怀疑的出发点是理性主义。在一个乱哄哄的时代中，唯有用你冷静的头脑、锐利的目光去观

察，更用科学方法去抉剔，方才能够渐渐辨识时代的面目及其病源。然而理论一事，实际又一事。即使我们经过了合理的思维而获得的方案，往往还是免不了引起实际上的纠纷。因此法国的大革命，虽然先有了那班思想家的准备，一待大革命爆发之后，还是扰攘了一个世纪，我们一翻法国自拿破仑一世直至第三共和这一个时代的历史便可明白。那时候是民主思想和贵族政治的对抗，是特权阶级与中产阶级的争斗，是手工业和小工业的递嬗。然而把这些冲突和现代中国的冲突一比，又显得我们的比他们的要复杂万倍了。他们只是推翻四五世纪的历史，而我们则要把二十个世纪的传统一并斩断。这是不是可能的事，尤其是不是在短时间内可能的事？一般革命者当然要以肯定的语气回答。因为他们以为不革命是一种羞耻，他们并没有想革命是不得已的行为。再把法国的历史做一个例：十八世纪末期的大革命，在表面上仿佛是历史上的一个三级跳远，是一个剧烈的突变，但整个的十九世纪，不是在补走前世纪所连奔带跳越过的途程吗？

“你们数千年的伦理，道德，比我们西方更优越的制度就此废弃吗？”“你们满含着哲理和诗意的美学为何把它一概丢了？”“你们是有那么美丽的传统的国民何必来学我们的油画？”西方的朋友时常这样地问我们，而我们自己，有

没有想到这些问题？有的，也许在五四之后提倡国故的时代；然而曾几何时，除了几个极少数的专门学者还锲而不舍之外，还有谁敢向青年提起“国故”两字？谁敢？敢被人家骂为落伍？现在那些高唱唯物论的青年，对于我们固有的文化，除了含含糊糊加上一大串罪名以外，还认识什么儒家思想，老庄思想，以至宋明之学？他们把新奇的偶像来抹煞史实，并掩饰他们自己的愚昧。

自然，我们也懂得，他们取法于西方的理由。西方，多么醉人的名字！但那般崇拜西方的人之于西方，是否比痛骂东方的人之于东方，有较彻底的认识？他们自以为有的是在某种正统论和一元论之下的认识，或竟是跳舞与咖啡的认识。大自政论，小至娱乐，无非是学西方的皮毛。

而且，假定你对于西方，自亚里士多德至爱因斯坦，自荷马至萧伯讷，的确有了彻底中正的研究，你还是不能把它整个地搬过来。西方的金鸡纳霜，可以医治东方人的疟疾，但还得认清了病人的体质和病情。西方的政论可不就这么简单了。你得记起，你还是中国人啊！你的细胞组织根本就不同。而且数千年的历史摆在那里，任凭你哪一种暴力摧不动它分毫。人是渺小的！

对于西方的研究，以前也曾有一班学者下过功夫。译学馆后，亦有共学社、尚志学会等译了不少西方的名著。但实际上并没收获得相当的功效；这也许是介绍的思想，并没有和介绍者的思想发生何等密切的关系，因之亦不能予读者以若何影响；出版界的落后，以及学术空气的淡薄，也许是互为因果的一个缘由。至于站在东方的立场上去探讨东西文化之奥秘，也有梁任公一辈人下过功夫，然而不久也就成为一种时髦的口号，而轻薄的社会，更当它做茶余酒后的谈笑讥讽的资料。

因此，留学生尽管在两大洋中来来往往，翻译的书籍尽管一本一本地出版，东西文化至今还没有正面冲突过，我要说在学术上还没正式开过仗，只是凭它们两股不同的潮流在社会的底层激荡。没落么？的确是没落，因为我们受了外来文化的侵略没有反响。我们只放弃了自己的立脚点，想借用别人的武器，作为以毒攻毒的战略。他们有枪炮，我们也学做枪炮，他们喊口号，我们也喊口号，他们倡什么最新的主义，我们也跟着莫名其妙地提倡。他们喊口号的后面，那些在实验室里、图书馆里、画室里，过一辈子学术生活的人，我们全没有看见。

现代中国的青年，自以为认识了时代，并看到了未来的

时代，他们的大胆使人佩服，他们的武断使人吃惊。

这都是我们过去的工作（我们，因为这些人中都有我们过去的影子）：喊口号，倡主义，是否成为工作自是疑问，但喊着倡着的人的确认为是一种工作。我们现在清算之下，不能不及早转换方向。不干政治的人，自然用不到谈什么主义，研究文艺的时候，也不必把某个学说偶像般放在脑袋里。我们不敢唱融合东西艺术，发扬民族文化那种高调，因为我们明白自己的力量。我们不愿和人家争执，因为中国到处都充满了战氛；何况我们不能消极地攻击人家的阴私或缺德，以为自己没有阴私或缺德的夸耀。我们只有培养自己的力量，拿出实在的东西来。我们的工作，是研究、介绍。发表的文字也只限于这两方面。忘了时代？谁说的？可是我们不能以斩钉截铁的公式来判断一切，我们要虚心地观察、探讨。要找真理并非是怎么容易的事。各种学说在我们的眼里一视同仁，我们不能把东风压了西风，因为这是盲目的。思想上的专制是真理的最大敌人。我们的信心，只在修养自己，万一有点滴的成就，足以贡献给人家，那是我们喜出望外的事。在没有丝毫成绩之前，我们只是以虔敬的心情去研究学问，以深思默省的功夫去体验时代。具体地说，我们现在要认识他人与自己，以怀

疑的精神去探索，以好奇的目光去观察，更要把各种不同的思潮，让我们各人的内心去体味。如果真是要到民间去，或人间去（中国固有的出世思想之反面），那不独要去饱尝社会的风味，并还得要打开我们的心扉，吹受各种的风，这也许会使我们发热发冷，但这些 crise 就能锻炼我们的人格与力量。我们不希望速成，我们都还年轻！

原载一九三二年十一月《艺术旬刊》第一卷第八期

# 第二章

# 永远听不到生命贬值的声音

现实从来不会单纯，

沉沦中有伟大，

惨剧中还有喜剧。

# 现代青年的烦闷

一九三二年十月二十八日《晨报·时代文艺》曾刊拙译《世纪病》一文，此次《学灯》编者又以一九三三年元旦特大号文字见嘱，我特地再用《世纪病》相类的题材，把若干现代西方青年的不安精神状态做一番介绍。这并非要引起现代中国青年们的烦躁——这烦躁，不待我引起，也许他们已经感到——而是因为烦闷是文艺创造的源泉，由于它的反省和刺激内生活使其活跃的作用上，可以领导我们往深邃的意境中去寻求新天地。而且烦闷唯有在人类心魂觉醒的时候才能感到，在这数千年来为智（sagesse）的教训磨炼到近于麻痹的中国人精神上给他一个刺激，亦非无益之事。

阿那托·法郎士曾言："只有一件事可以使人类的思想感到诱惑便是烦闷。绝对不感到烦躁的心灵令我厌恶而且愤

怒。”的确，在历史上，每个灿烂的文艺时代，总是由不安的分子鼓动激荡起来的！古典派和浪漫派一样，不过前者能够遏止烦闷，而后者被烦闷所征服罢了。在个人的体验上，心境的平和固然是我们大部分人所渴望的乌托邦，但这种幸福只有睡在坟墓里叹了最后一口气时才能享受。而且，就令我们在生命中获得这绝对的平和（它的名字很多，如宁静、休息等），我们反而要憎恨它；失掉了心的平和，我们又要一心一意地企念它：这是人类永远的悲剧。不独如此，人类的良知一朝认识了烦闷的真价值，还幽密地在烦闷中感到残酷的喜乐。

西方的医药上有一句谚语："世界上无所谓病，只有病人。"《世纪病》的作者乔治·勒公德把现代青年的骚乱归之于现代社会的和思想上的骚乱；这无异是"世界上无所谓烦闷，只有烦闷的人"的看法。固然，我们承认他有理。在一班所谓健全的，尤其是享受惯温和的幸福的人眼中，烦闷者是失掉了心灵均衡的病人。然而要知道，烦闷的人是失掉了均衡，正在热烈地寻找新的均衡。他们的欲望无穷，奢念无穷，永远不能满足，如果有一班自命为烦闷者，突然会恢复他们的宁静，那是因为他们的烦闷，实在并不深刻，而是表面的、肤浅的。真正在苦闷中煎熬的人绝不能以一种答案

自满，他们要认识得更透彻、更多。他们怕找到真理，因为从此以后，他们不能再希望一个更高卓的真理。唯有“信仰”是盲目的，烦闷的人永远悲苦地睁大着眼睛。

每个人在他生命中限制自己。每个人把他要求解决的问题按照他自己的身份加以剪裁。这自然是聪明的办法。他们不愿多事徒劳无益的追求。实在，多少代的人类曾追求哲学、伦理美学等的理想而一无所获！然而没有一个时代的人类因此而停止去追求。因为他们觉得世俗的所谓“稳定”、“宁静”、“平和”，只是“死”的变相的名称。“死”是西方人所最不能忍受的，他们极端执着“生”。

烦闷的现象是多方面的，又是随着每个人而变动的。从最粗浅的事情上说，每个人想起他的死，岂不是要打一个寒噤？听到人家叙述一个人受伤的情景而无动于衷是非人的行为。因为，本能地，人类会幻想处在同样的境地，受到同样的痛苦。同样，一个人在路上遇到出殡的行列，岂非要兔死狐悲地哀伤？一切的人类真是自私得可怜！这自然是人类烦闷的一种原因，心理病学家亦认为烦闷是一种感情的夸大，对于一种实在的或幻想的灾祸的反动，可是认为烦闷是对于不测的事情的简单的恐怖，未免是肤浅的、不完全的观念。

因此对于病态心理学造诣极深的作家，如保罗·布尔热（Paul Bourget）亦不承认心灵上的病，是完全由生理上的病引起的。生命被威胁的突然的恐怖，在原始民族中，确是烦闷的唯一原因。可是民族渐渐地长成以至老大，他的烦闷亦变得繁复、精微，在一班普通人的心目中也愈显得渺茫不可捉摸。在这个过程中，我们自然承认有若干病的影响存在着，但除了病态心理学家的物的解释以外，还有精神上的现象更富意味。

人类在初期的物质恐怖以后，不久即易以形而上的恐怖。他们怕惧雷鸣，远在怕惧主宰雷鸣的上帝以前。原始时代的恐怖至此已变成烦闷，人类提出许多问题，如生和死的意义等。被这些无法解答的问题扰乱着，人类一方面不能获得宁息，一方面又不能度那丰富的追求生活，于是他祝祷遗忘一切。柏斯格说过："人类有一种秘密的本能，使他因为感到苦恼的无穷尽而到外界去寻觅消遣与事业；他另有一种秘密的本能，使他认识所谓幸福原在宁息而不在骚乱。这两种矛盾的本能，在人类心魂中形成一种渺茫的计划。想由骚乱达到安息，而且自以为他得不到的满足会临到，如果他能够制胜他事业中的艰难，他便可直窥宁息的门户。"

这种烦闷的形而上的意义固是极有意味的，但它还不能

整个地包括烦闷。烦闷，在人类的良心上还有反响——与形而上的完全独立的道德上的反响。例如，责任观念便是烦闷的许多标识之一。假定一个作家在创作的时候，为使他的文章更为完满而见，不应该想到的著作对于群众将发生若何影响的问题，然而一本书写完之后，要作家不顾虑到他的书将来对于读者的影响是件不可能的事。

原载一九三三年一月一日上海《时事新报》

# 介绍一本使你下泪的书

我想动笔做这篇文章的时候，还在好几天前；只是一天到晚地无事忙和懒惰忙，给我耽搁下来。而今天申报艺术界的书报介绍栏里已发现了四个大字《爱的教育》。刚才读到十三期《北新》也发现了同样的题目——《爱的教育》。论理人家已经介绍过了，很详细地介绍过了，似乎不用我再来凑热闹了。不过我要说的话，和《申报》元清君说的稍有些不同，而《北新》上的也只是报告一个消息，还没有见过整篇的文字谈到它的。而且在又一方面，《北新》是郑重的、诚恳的，几次地声明：欢迎读者的关于书报的意见，当然肯牺牲一些篇幅。

我读到这篇文字的时候，校里正在举行一察学生平日勤惰的季考，但是我辈烂污朋友，反因不上课的缘故，可以不查生字（英文的），倒觉得十分清闲。我就费了两天的光阴，流了几次眼泪，读完了它。说到流泪，我并不说谎，并不是故意说这种话来骇人听闻；只看译者的序言就知道了，不过夏先生的流泪，完全是因为他当了许多年教师的缘故；而我的眼泪，实在是因为我是才跑到成人（我还未满二十）的区域里的缘故！

真是！黄金似的童年，快乐无忧的童年，梦也似的过去了！永不回来了！眼前满是陌生的人们，终朝板起“大人”的面孔来吓人骗人。以孤苦伶仃的我，才上了生命的路，真像一只柔顺的小羊，离开了母亲，被牵上市去一样。回头看看自己的同伴，自己的姐妹，还是在草地上快活地吃草。那种景况，怎能不使善感的我，怅惘，凄怆，以至于泪下而不自觉呢！

还有，他叙述到许多儿童爱父母的故事，使我回忆起自己当年，曾做了多少使母亲难堪的事，现在想来，真是万死莫赎。那种忏悔的痛苦，我已深深地尝过了！

我们在校，对于学校功课，总不肯用功。遇到考试，总

可敷衍及格，而且有时还可不止及格呢。就是不及格，也老是替自己解释：考试本是骗人的！但是我读了他们种种勤奋的态度，我真是对不起母亲！对不起自己！只是自欺欺人的混过日子。

又读到他们友爱的深切诚挚，使我联想到现在的我们，天天以虚伪的面孔来相周旋，以嫉妒愤恨的心理互相欺凌。我们都还在童年与成年的交界上，而成年人的罪恶已全都染遍；口上天天提倡世界和平，学校里还不能和平呢！

“每月例话”是包含了许多爱国忠勇……的故事，又给了我辈天天胡闹、偷安苟全、醉生梦死的人一服清凉剂！我读了《少年鼓手》、《少年侦探》，我正像半夜里给大炮惊醒了，马上跳下床来一样。我今天才认识到我现在所处的地位！至于还有其他的许多故事，读者自会领略，不用多说。

末了，我希望凡是童心未退，而想暂时地回到童年的乐园里去流连一下的人们，快读此书！我想他们读了一定也会像我一样的伤心——或许更厉害些！——不过他们虽然伤心，一定仍旧会爱它，感谢它的。玫瑰花本是有刺的啊！

我更希望读到此书的人们，要努力地把它来介绍给一般的儿童！这本书原是著名的儿童读物。而且，我想他们读了，也可以叫他们知道童年的如何可贵，而好好地珍惜他们的童年，将来不至像我们一样！从别一方面说：他们读了这本书，至少他们的脾气要好上十倍！他一定不会——至少要大大地减少——再使他母亲不快活，他更要和气的待同学……总而言之，要比上三年公民课所得的效果好得多多！

我这篇东西完全像一篇自己的杂记，只是一些杂乱的感想，固然谈不到批评，也配不上说介绍；只希望能引起一般人的注意罢了！

我谨候读过此书后的读者，能够给我一个同情的应声！

一九二六年十一月十九日 大同大学

（原载一九二六年十二月四日《北新》第十六期）

# 我们已失去了凭藉

本文原载上海《时事新报》一九三六年十月十五日；署名拾之。副题系编者所加。张弦系傅雷挚友，号亦琴，浙江青田人。一九二八年从法国学成归国，受聘于上海美专，教授西画。在傅雷眼中，张弦纯朴淡泊，拥有“孤洁不移的道德力”与“坚而不骄的自信力”，其作品也与其性格完全相同，“深沉，含蓄，而无丝毫牵强猥俗”。一九三六年张弦英年病逝，傅雷深为痛惜，长叹不止。

当我们看到艺术史上任何大家的传记的时候，往往会给他们崇伟高洁的灵光照得惊惶失措，而从含有怨艾性的厌倦中苏醒过来，重新去追求热烈的生命，重新企图去实现“人的价格”；事实上可并不是因了他们的坎坷与不幸，使自己的不幸得到同情，而是因为他们至上的善性与倔强刚健的灵魂，对于命运的抗拒与苦斗的血痕，令我们感到愧悔！于是我们心灵的深处时刻崇奉着我们最钦仰的偶像，当我们周遭的污浊使我们窒息欲死的时候，我们尽量的冥想搜索我们的偶像的生涯和遭际，用他们殉道史中的血痕，作为我们艺程中的鞭策。有时为了使我们感戴忆想的观念明锐起见，不惜用许多形式上的动作来纪念他们，揄扬他们。

但是那些可敬而又不幸的人们毕竟是死了！一切的纪念和揄扬对于死者都属虚无缥缈，人们在享受那些遗惠的时候，才想到应当给予那些可怜的人一些酬报，可是已经太晚了。

数载的邻居侥幸使我对于死者的性格和生活得到片面的了解。他的生活与常人并没有分别，不过比常人更纯朴而淡泊，那是拥有孤洁不移的道德力与坚而不骄的自信力的人，始能具备的恬静与淡泊，在那副沉静的面目上很难使人拾到明锐的启示，无论喜、怒、哀、乐、爱、恶七情，都曾经持取矜持性的不可测的沉默，既没有狂号和叹息，更找不到愤怒和乞怜，一切情绪都好似已与真理交感融化，移入心的内层。光明奋勉的私生活，对于艺术忠诚不变的心志，使他充分具有一个艺人所应有的可敬的严正坦率。既不傲气凌人，也不拘泥于委琐的细节。他不求人知，更不嫉人之知；对自己的作品虚心不苟，评判他人的作品时，眼光又高远而毫无偏倚；几年来用他强锐的感受力，正确的眼光和谆谆不倦的态度指引了无数的迷途的后进者。他不但是一个寻常的好教授，并且是一个以身作则的良师。

关于他的作品，我仅能依我个人的观感抒示一二，不敢妄肆评议。我觉得他的作品唯一的特征正和他的性格完全相同，“深沉，含蓄，而无丝毫牵强猥俗”。他能以简单轻快

的方法表现细腻深厚的情绪，超越的感受力与表现力使他的作品含有极强的永久性。在技术方面他已将东西美学的特征体味融合，兼施并治；在他的画面上，我们同时看到东方的含蓄纯厚的线条美，和西方的准确的写实美，而其情愫并不因顾求技术上的完整有所遗漏，在那些完美的结构中所蕴藏着的，正是他特有的深沉潜蛰的沉默。那沉默在画幅上常像荒漠中仅有的一朵鲜花，有似钢琴诗人萧邦的忧郁孤洁的情调（风景画），有时又在明快的章法中暗示着无涯的凄凉（人体画），像莫扎特把淡寞的哀感隐藏在畅朗的快适外形中一般。节制、精练的手腕使他从不肯有丝毫夸张的表现。但在目前奔腾喧扰的艺坛中，他将以最大的沉默驱散那些纷黯的云翳，建造起两片地域与两个时代间光明的桥梁，可惜他在那桥梁尚未完工的时候却已撒手！这是何等令人痛心的永无补偿的损失啊！

我们沉浸在目前臭腐的浊流中，挣扎摸索，时刻想抓住真理的灵光，急切的需要明锐稳静的善性和奋斗的气流为我们先导，减轻我们心灵上所感到的重压，使我们有所凭藉，使我们的勇气永永不竭……现在这凭藉是被造物之神剥夺了！我们应当悲伤长号，抚膺疾首！不为旁人，仅仅为了我们自己！仅仅为了我们自己！！

# 薰琹的梦

本文原载《艺术旬刊》第一卷第三期，一九三二年九月。

不知在二十世纪开端后的哪一年，薰琹在烟雾缥缈、江山如画的故乡生下来了。他呱呱坠地的时辰和环境我不知道，大概总在神秘的黄昏或东方未白的拂晓、离梦境不远的时间吧！

从童年以至长成，他和所有的青年一样，做过许多天真神奇的梦。他那沉默的性情，幻想的风趣，使他一天一天的远离现实。若干年以前，他正在震旦大学念书，学的是医，实际却在做梦。一天，他忽然想到欧洲去，于是他就离开了战云弥漫的中国，跨入繁声杂色的西方。这于他差不多是一个极乐世界。他一开始就抛弃了烦琐的、机械的、理论的、现实的科学，沉浸到萧邦（Chopin）、门德尔松（Mendelssohn）的醉人的诗的氛围中去。贝多芬雄浑争斗的呼声，罗西尼（Rossini）犷野肉感的风格，韦伯（Weber）的熨帖细腻，

华托（Watteau）的情调，轮流地幻成他绮丽，雄伟，幽怨……的梦。舒伯特（Schubert）的感伤，与缪塞（Musset）的薄命，同样使他感动。

他按着披霞娜[①]，瞩视着布德尔[②]的贝多芬像。他在音符中寻思，假旋律以抒情。他潜在的荒诞情（fantaisie），恰找到了寄托的处所。

这是他音乐的梦。

在巴黎，破旧的、簇新的建筑，妖艳的魔女，杂色的人种，咖啡店，舞女，沙龙，jazz［爵士乐］，音乐会，*cinema*［电影］，poule［妓女］，俊俏的侍女，可厌的女房东，大学生，劳工，地道车，烟突，铁塔，Montparnasse[③]，Halle［中央菜市场］，市政厅，塞纳河畔的旧书铺，烟斗，啤酒，Porto［波特酒］，comaedia［喜剧］……一切新的，旧的，丑的，美的，看的，听的，古文化的遗迹，新文明的气焰，自普恩加来[④]至

① 披霞娜即piano，钢琴。

② 布德尔（Antoine Bourdelle，1861–1929），法国雕刻家。

③ 蒙巴纳斯，是巴黎塞纳河左岸的高等区。

④ 普恩加来（Raymond Poincaeré，1860—1934），法国政治家。一九一三年至一九二〇年任总统；一九一二年至一九二六年间曾三次任总理。

Josephine Baker［约瑟芬面包房］，都在他脑中旋风似的打转，打转。他，黑丝绒的上衣，帽子斜在半边，双手藏在裤袋里，一天到晚的，迷迷糊糊，在这世界最大的漩涡中梦着……

他从童年时无猜的梦，转到科学的梦非其梦，音乐的梦其所梦，至此却开始创造他“薰琹的梦”。

“人生原是梦”，人类每做梦中之梦。一梦完了再做一梦，从这一梦转到那一梦，一梦复一梦地永永梦下去：这就是苦恼的人类，得以维持生存的妙诀。所以，梦是醒不得的，梦醒就得自杀，不自杀就成了佛，否则只能自圆其梦，继续梦去。但梦有种种，有富贵的梦，有情欲的梦，有虚荣的梦，有黄粱一梦的梦，有浮士德的梦……薰琹的梦却是艺术的梦，精神的梦（rêve spirituelle）。一般的梦是受环境支配的，故梦梦然不知其所以梦。艺术的梦是支配环境的，故是创造的，有意识的。一般的梦没有真实体验到“人生的梦”，故是愚昧的真梦。艺术的梦是明白地悟透了“人生之梦”后的梦，故是清醒的假梦。但艺人天真的热情，使他深信他的梦是真梦，是 vérité［真理］，因此才有中古 mystisisme［神秘主义］的作品，文艺复兴时代的杰作。从希腊的维纳斯，中古的 chant gregorien［格列高利圣咏］，乔托的壁画，米开朗琪罗

的《摩西》，贝多芬的《第九交响乐》，一直到梅特林克的《佩利亚斯与梅丽桑德》(Pelléas et Mérisande)，德彪西(Debussy)的音乐，波特莱尔的《恶之华》，马蒂斯、毕加索的作品，都无非是信仰（foi）的结晶。

薰琹的梦自也不能例外。他这种无猜（innocent）的童心的再现，的确是以深信不疑的，探求人生之哑谜。

他把色彩做纬，线条做经，整个的人生做材料，织成他花色繁多的梦。他观察、体验、分析如数学家；他又组织、归纳、综合如哲学家。他分析了综合，综合了又分析，演进不已；这正因为生命是流动不息，天天在演化的缘故。

他以纯物质的形和色，表现纯幻想的精神境界，这是无声的音乐。形和色的和谐，章法的构成，它们本身是一种装饰趣味，是纯粹绘画（peinture pure）。

他变形，因为要使“形”有特种表白，这是 deformisme expressive［富有表现色彩的变形］，他要给予事物以某种风格（styliser），因为他的特种心境（état dâme）需要特种典型来具体化。

他梦一般观察，想从现实中提炼出若干形而上的要素。他梦一般寻思，体味，想抓住这不可思议的心境。他梦一般表现，因为他要表现这颗在流动着的、超现实的心！

这重重的梦，层层相因，永永演不完，除非他生命告终、不能创造的时候。

薰琹的梦既然离现实很远，当然更谈不到时代。然而在超现实的梦中，就有现实的憧憬，就有时代的反映。我们一般自命为清醒的人，其实是为现实所迷惑了，为物质蒙蔽了，倒不如站在现实以外的梦中人，更能识得现实。

不识庐山真面目，
只缘身在此山中。

“薰琹的梦”正好梦在山外。这就是罗丹所谓“人世的天堂”了。薰琹，你好幸福啊！

一九三二年九月十四日为薰琹画展开幕作

# 论张爱玲的小说

本文以笔名“迅雨”刊于《万象》一九四四年五月号，第三卷第十一期。

## 前言

在一个低气压的时代，水土特别不相宜的地方，谁也不存什么幻想，期待文艺园地里有奇花异卉探出头来。然而天下比较重要一些的事故，往往在你冷不防的时候出现。史家或社会学家，会用逻辑来证明，偶发的事故实在是酝酿已久的结果。但没有这种分析头脑的大众，总觉得世界上真有魔术棒似的东西在指挥着，每件新事故都像从天而降，教人无论悲喜都有些措手不及。张爱玲女士的作品给予读者的第一个印象，便有这情形。“这太突兀了，太像奇迹了”，除了这类不着边际的话以外，读者从没切实表示过意见。也许真是过于意外而怔住了。也许人总是胆怯的动物，在明确的舆论未成立以前，明哲的办法是含糊一下再说。但舆论还得大

众去培植；而文艺的长成，急需社会的批评，而非谨慎的或冷淡的缄默。是非好恶，不妨直说。说错了看错了，自有人指正——无所谓尊严问题。

我们的作家一向对技巧抱着鄙夷的态度。“五四”以后，消耗了无数笔墨的是关于“主义”的论战。仿佛一有准确的意识就能立地成佛似的，区区艺术更是不成问题。其实，几条抽象的原则只能给大中学生应付会考。哪一种主义也好，倘没有深刻的人生观，真实的生活体验，迅速而犀利的观察，熟练的文字技能，活泼丰富的想象，决不能产生一件像样的作品。而且这一切都得经过长期艰苦的训练。《战争与和平》的原稿修改过七遍——大家可只知道托尔斯泰是个多产的作家（仿佛多产便是滥造似的）；巴尔扎克一部小说前前后后的修改稿，要装订成十余巨册，像百科辞典般排成一长队。然而大家以为巴尔扎克写作时有债主逼着，定是匆匆忙忙赶起来的。忽视这样显著的历史教训，便是使我们许多作品流产的主因。

譬如，斗争是我们最感兴趣的题材。对，人生一切都是斗争。但第一是斗争的范围，过去并没包括全部人生。作家的对象，多半是外界的敌人：宗法社会，旧礼教，资本主义……

可是人类最大的悲剧往往是内在的。外来的苦难，至少有客观的原因可得而诅咒，反抗，攻击；且还有赚取同情的机会。至于个人在情欲主宰之下所招致的祸害，非但失去了泄仇的目标，且更遭到“自作自受”一类的谴责。第二是斗争的表现。人的活动脱不了情欲的因素；斗争是活动的尖端，更是情欲的舞台。去掉了情欲，斗争便失掉活力。情欲而无深刻的勾勒，一样失掉它的活力，同时把作品变成了空的躯壳。

在此我并没意思铸造什么尺度，也不想清算过去的文坛；只是把已往的主要缺陷回顾一下，瞧瞧我们的新作家把它们填补了多少。

## 一、《金锁记》

由于上述的观点，我先讨论《金锁记》。它是一个最圆满肯定的答复。情欲（Passion）的作用，很少像在这件作品里那么重要。

从表面看，曹七巧不过是遗老家庭里一种牺牲品，没落的宗法社会里微末不足道的渣滓。但命运偏偏要教渣滓当续命汤，不但要做她儿女的母亲，还要做她媳妇的婆婆——把

旁人的命运交在她手里。以一个小家碧玉而高举簪缨望族，门户的错配已经种下了悲剧的第一个远因。原来当残废公子的姨奶奶的角色，由于老太太一念之善（或一念之差），抬高了她的身份，做了正室；于是造成了她悲剧的第二个远因。在姜家的环境里，固然当姨奶奶也未必有好收场，但黄金欲不致被刺激得那么高涨，恋爱欲也就不致被抑压得那么厉害。她的心理变态，即使有，也不致病入膏肓，扯上那么多的人替她殉葬。然而最基本的悲剧因素还不在此。她是担当不起情欲的人，情欲在她心中偏偏来得嚣张。已经把一种情欲压倒了，才死心塌地来服侍病人，偏偏那情欲死灰复燃，要求它的那份权利。爱情在一个人身上不得满足，便需要三四个人的幸福与生命来抵偿。可怕的报复！

可怕的报复把她压瘪了。“儿子女儿恨毒了她”，至亲骨肉都给“她沉重的枷角劈杀了”，连她心爱的男人也跟她“仇人似的”；她的惨史写成故事时，也还得给不相干的群众义愤填胸地咒骂几句。悲剧变成了丑史，血泪变成了罪状：还有什么更悲惨的？

当七巧回想着早年当曹大姑娘时代，和肉店里的朝禄打情骂俏时，“一阵温风直扑到她脸上，腻滞的死去的肉体的

气味……她皱紧了眉毛。床上睡着她的丈夫，那没有生命的肉体……”当年的肉腥虽然教她皱眉，究竟是美妙的憧憬，充满了希望。眼前的肉腥，却是刽子手刀上的气味。这刽子手是谁？黄金——黄金的情欲。为了黄金，她在焦灼期待，“啃不到”黄金的边的时代，嫉妒妯娌姑子，跟兄嫂闹架。为了黄金，她只能“低声”对小叔嚷着：“我有什么地方不如人？我有什么地方不好？”为了黄金，她十年后甘心把最后一个满足爱情的希望吹肥皂泡似的吹破了。当季泽站在她面前，小声叫道：“二嫂！……七巧！”接着诉说了（终于！）隐藏十年的爱以后——

七巧低着头，沐浴在光辉里，细细的音乐，细细的喜悦……这些年了，她跟他捉迷藏似的，只是近不得身，原来还有今天！

“沐浴在光辉里”，一生仅仅这一次，主角蒙受到神的恩宠。好似伦勃朗笔下的肖像，整个的人都沉没在阴暗里，只有脸上极小的一角沾着些光亮。即是这些少的光亮直透入我们的内心。

季泽立在她眼前，两手合在她扇子上，面颊贴在她扇子

上。他也老了十年了。然而人究竟还是那个人呵！他难道是哄她么？他想她的钱——她卖掉她的一生换来的几个钱？仅仅这一念便使她暴怒起来了……

这一转念赛如一个闷雷，一片浓重的乌云，立刻掩盖了一刹那的光辉；“细细的音乐，细细的喜悦”，被暴风雨无情地扫荡了。雷雨过后，一切都已过去，一切都已晚了。“一滴，一滴，……一更，二更，……一年，一百年……”完了，永久的完了。剩下的只有无穷的悔恨。“她要在楼上的窗户里再看他一眼。无论如何，她从前爱过他。她的爱给了她无穷的痛苦。单只这一点，就使她值得留恋。”留恋的对象消灭了，只有留恋往日的痛苦。就在一个出身低微的轻狂女子身上，爱情也不曾减少圣洁。

七巧眼前仿佛挂了冰冷的珍珠帘，一阵热风来了，把那帘子紧紧贴在她脸上，风去了，又把帘子吸了回去，气还没透过来，风又来了，没头没脑包住她——一阵凉，一阵热，她只是淌着眼泪。

她的痛苦到了顶点（作品的美也到了顶点），可是没完。只换了方向，从心头沉到心底，越来越无名。愤懑变成尖刻

的怨毒，莫名其妙地只想发泄，不择对象。她眯缝着眼望着儿子，“这些年来她的生命里只有这一个男人，只有他，她不怕他想她的钱——横竖钱都是他的。可是，因为他是她的儿子，他这一个人还抵不了半个……”多怆痛的呼声！“……现在，就连这半个人她也保留不住——他娶了亲。”于是儿子的幸福，媳妇的幸福，女儿的幸福，在她眼里全变作恶毒的嘲笑，好比公牛面前的红旗。歇斯底里变得比疯狂还可怕，因为“她还有一个疯子的审慎与机智”。凭了这，她把他们一齐断送了。这也不足为奇。炼狱的一端紧接着地狱，殉难者不肯忘记把最亲近的人带进去的。

最初她用黄金锁住了爱情，结果却锁住了自己。爱情磨折了她一世和一家。她战败了，她是弱者。但因为是弱者，她就没有被同情的资格了么？弱者做了情欲的俘虏，代情欲做了刽子手，我们便有理由恨她么？作者不这么想。在上面所引的几段里，显然有作者深切的怜悯，唤引着读者的怜悯。还有：“多少回了，为了要按捺她自己，她迸得全身的筋骨与牙根都酸楚了。”“十八九岁做姑娘的时候……喜欢她的有……如果她挑中了他们之中的一个，往后日子久了，生了孩子，男人多少对她有点真心。七巧挪了挪头底下的荷叶边洋枕，凑上脸去揉擦一下，那一面的一滴眼泪，她也就懒怠

去揩拭，由它挂在腮上，渐渐自己干了。”这些淡淡的朴素的句子，也许为粗忽的读者不曾注意的，有如一阵温暖的微风，抚弄着七巧墓上的野草。

和主角的悲剧相比之下，几个配角的显然缓和多了。长安姊弟都不是有情欲的人。幸福的得失，对他们远没有对他们的母亲那么重要。长白尽往陷坑里沉，早已失去了知觉，也许从来就不曾有过知觉。长安有过两次快乐的日子，但都用“一个美丽而苍凉的手势”自愿舍弃了。便是这个手势使她的命运虽不像七巧的那样阴森可怕，影响深远，却令人觉得另一股惆怅与凄凉的滋味。Long long ago 的曲调所引起的无名的悲哀，将永远留在读者心坎。

结构，节奏，色彩，在这件作品里不用说有了最幸运的成就。特别值得一提的，还有下列几点：

第一是作者的心理分析，并不采用冗长的独白，或枯索烦琐的解剖，她利用暗示，把动作、言语、心理三者打成一片。七巧，季泽，长安，童世舫，芝寿，都没有专写他们内心的篇幅；但他们每一个举动，每一缕思维，每一段对话，都反映出心理的进展。两次叔嫂调情的场面，不光是那种造型美

显得动人，却还综合着含蓄、细腻、朴素、强烈、抑止、大胆，这许多似乎相反的优点。每句说话都是动作，每个动作都是说话。即使在没有动作没有言语的场合，情绪的波动也不曾减弱分毫。例如童世舫与长安订婚以后——

……两人并排在公园里走着，很少说话，眼角里带着一点对方的衣服与移动着的脚，女子的粉香，男子的淡巴菰气，这单纯而可爱的印象，便是他们的阑干，阑干把他们与大众隔开了。空旷的绿草地上，许多人跑着，笑着，谈着，可是他们走的是寂寂的绮丽的回廊——走不完的寂寂的回廊。不说话，长安并不感到任何缺陷。

还有什么描写，能表达这一对不调和的男女的调和呢？能写出这种微妙的心理呢？和七巧的爱情比照起来，这是平淡多了，恬静多了，正如散文、牧歌之于戏剧。两代的爱，两种的情调。相同的是温暖。

至于七巧磨折长安的几幕，以及最后在童世舫前毁谤女儿来离间他们的一段，对病态心理的刻画，更是令人“毛骨悚然”的精彩文章。

第二是作者的节略法（raccourci）的运用——

风从窗子里进来，对面挂着的回文雕漆长镜被吹得摇摇晃晃，磕托磕托敲着墙。七巧双手按住了镜子。镜子里反映着翠竹帘和一幅金绿山水屏条依旧在风中来回荡漾着，望久了，便有一种晕船的感觉。再定睛看时，翠竹帘子已经褪色了，金绿山水换了张丈夫的遗像，镜子里的人也老了十年。

这是电影的手法：空间与时间，模模糊糊淡下去了，又隐隐约约浮上来了。巧妙的转调技术！

第三是作者的风格。这原是首先引起读者注意和赞美的部分。外表的美永远比内在的美容易发现。何况是那么色彩鲜明，收得住，泼得出的文章！新旧文字的糅和，新旧意境的交错，在本篇里正是恰到好处。仿佛这利落痛快的文字是天造地设的一般，老早摆在那里，预备来叙述这幕悲剧的。譬喻的巧妙，形象的入画，固是作者风格的特色，但在完成整个作品上，从没像在这篇里那样的尽其效用。例如：“三十年前的上海，一个有月亮的晚上……年轻的人想着三十年前的月亮，该是铜钱大的一个红黄的湿晕，像朵云轩信笺上落了一滴泪珠，陈旧而迷惘。老年人回忆中的三十年前的月亮

是欢愉的，比眼前的月亮大，圆，白，然而隔着三十年的辛苦路往回看，再好的月色也不免带些凄凉。”这一段引子，不但月的描写是那么新颖，不但心理的观察那么深入，而且轻描淡写的呵成了一片苍凉的气氛，从开场起就罩住了全篇的故事人物。假如风格没有这综合的效果，也就失掉它的价值了。

毫无疑问，《金锁记》是张女士截至目前为止的最完满之作，颇有《猎人日记》中某些故事的风味。至少也该列为我们文坛最美的收获之一。没有《金锁记》，本文作者决不在下文把《连环套》批评得那么严厉，而且根本也不会写这篇文字。

## 二、《倾城之恋》

一个“破落户”家的离婚女儿，被穷酸兄嫂的冷嘲热讽撵出母家，跟一个饱经世故，狡猾精刮的老留学生谈恋爱。正要陷在泥淖里时，一件突然震动世界的变故把她救了出来，得到一个平凡的归宿——整篇故事可以用这一两行包括。因为是传奇（正如作者所说），没有悲剧的严肃、崇高，和宿命性；光暗的对照也不强烈。因为是传奇，情欲没有惊心动

魄的表现。几乎占到二分之一篇幅的调情，尽是些玩世不恭的享乐主义者的精神游戏：尽管那么机巧，文雅，风趣，终究是精练到近乎病态的社会的产物。好似六朝的骈体，虽然珠光宝气，内里却空空洞洞，既没有真正的欢畅，也没有刻骨的悲哀。《倾城之恋》给人家的印象，仿佛是一座雕刻精工的翡翠宝塔，而非哥特式大寺的一角。美丽的对话，真真假假的捉迷藏，都在心的浮面飘滑；吸引，挑逗，无伤大体的攻守战，遮饰着虚伪。男人是一片空虚的心，不想真正找着落的心，把恋爱看作高尔夫与威士忌中间的调剂。女人，整日担忧着最后一些资本——三十岁左右的青春——再吃一次倒账；物质生活的迫切需求，使她无暇顾到心灵。这样的一幕喜剧，骨子里的贫血，充满了死气，当然不能有好结果。疲乏，厌倦，苟且，浑身小智小慧的人，担当不了悲剧的角色。麻痹的神经偶尔抖动一下，居然探头瞥见了一角未来的历史。病态的人有他特别敏锐的感觉——

……从浅水湾饭店过去一截子路，空中飞跨着一座桥梁，桥那边是山，桥这边是一块灰砖砌成的墙壁，拦住了这边的山……柳原看着她道："这堵墙，不知为什么使我想起地老天荒那一类的话……有一天，我们的文明整个的毁掉了，什么都完了——烧完了，炸完了，坍完了，也许还剩下这堵墙。

流苏，如果我们那时候再在这墙根底下遇见了……流苏，也许你会对我有一点真心，也许我会对你有一点真心。”

好一个天际辽阔，胸襟浩荡的境界！在这中篇里，无异平凡的田野中忽然显现出一片无垠的流沙。但也像流沙一样，不过动荡着显现了一刹那。等到预感的毁灭真正临到了，完成了，柳原的神经却只在麻痹之上多加了一些疲倦。从前一刹那的觉醒早已忘记了。他从没再加思索。连终于实现了的“一点真心”也不见得如何可靠。只有流苏，劫后舒了一口气，淡淡地浮起一些感想——

流苏拥被坐着，听着那悲凉的风。她确实知道浅水湾附近，灰砖砌的那一面墙，一定还屹然站在那里……她仿佛做梦似的，又来到墙根下，迎面来了柳原……在这动荡的世界里，钱财，地产，天长地久的一切，全不可靠了。靠得住的只有她腔子里的这口气，还有睡在她身边的这个人。她突然爬到柳原身边，隔着他的棉被拥抱着他。他从被窝里伸出手来握住她的手。他们把彼此看得透明透亮，仅仅是一刹那彻底的谅解，然而这一刹那够他们在一起和谐地活个十年八年。

两人的心理变化，就只这一些。方舟上的一对可怜虫，

只有“天长地久的一切全不可靠了”这样淡漠的惆怅。倾城大祸（给予他们的痛苦实在太少，作者不曾尽量利用对比），不过替他们收拾了残局；共患难的果实，“仅仅是一刹那彻底的谅解”，仅仅是“活个十年八年”的念头。笼统的感慨，不彻底的反省。病态文明培植了他们的轻佻，残酷的毁灭使他们感到虚无，幻灭。同样没有深刻的反应。

而且范柳原真是一个这么枯涸的（fade）人么？关于他，作者为何从头至尾只写侧面？在小说中他不是应该和流苏占着同等地位，是第二主题么？他上英国去的用意，始终暧昧不明；流苏隔被拥抱他的时候，当他说“那时候太忙着谈恋爱了，哪里还有工夫恋爱”的时候，他竟没进一步吐露真正切实的心腹。“把彼此看得透明透亮”，未免太速写式地轻轻带过了。可是这里正该是强有力的转捩点，应该由作者全副精神去对付的啊！错过了这最后一个高峰，便只有平凡的，庸碌鄙俗的下山路了。柳原宣布登报结婚的消息，使流苏快活得一忽儿哭一忽儿笑，柳原还有那种 cynical 的闲适去“羞她的脸”；到上海以后，“他把他的俏皮话省下来说给旁的女人听”；由此看来，他只是一个暂时收了心的唐·裘安，或是伊林华斯勋爵一流的人物。

“他不过是一个自私的男子，她不过是一个自私的女人。”但他们连自私也没有迹象可寻。“在这兵荒马乱的时代，个人主义者是无处容身的。可是总有地方容得下一对平凡的夫妻。”世界上有的是平凡，我不抱怨作者多写了一对平凡的人。但战争使范柳原恢复一些人性，使把婚姻当职业看的流苏有一些转变（光是觉得靠得住的只有腔子里的气和身边的这个人，是不够说明她的转变的），也不能算是怎样的不平凡。平凡并非没有深度的意思。并且人物的平凡，只应该使作品不平凡。显然，作者把她的人物过于匆促地送走了。

勾勒的不够深刻，是因为对人物思索得不够深刻，生活得不够深刻；并且作品的重心过于偏向俏皮而风雅的调情。倘再从小节上检视一下的话，那末，流苏“没念过两句书”而居然够得上和柳原针锋相对，未免是个大漏洞。离婚以前的生活经验毫无追叙，使她离家以前和以后的思想引动显得不可解。这些都减少了人物的现实性。

总之，《倾城之恋》的华彩胜过了骨干：两个主角的缺陷，也就是作品本身的缺陷。

## 三、 短篇和长篇

恋爱与婚姻，是作者至此为止的中心题材；长长短短六七件作品，只是 variations upon a theme。遗老遗少和小资产阶级，全都为男女问题这噩梦所苦。噩梦中老是淫雨连绵的秋天，潮腻腻的，灰暗，肮脏，窒息与腐烂的气味，像是病人临终的房间。烦恼，焦急，挣扎，全无结果，噩梦没有边际，也就无从逃避。零星的磨折，生死的苦难，在此只是无名的浪费。青春，热情，幻想，希望，都没有存身的地方。川嫦的卧房，姚先生的家，封锁期的电车车厢，扩大起来便是整个的社会。一切之上，还有一只瞧不及的巨手张开着，不知从哪儿重重地压下来，要压瘪每个人的心房。这样一幅图画印在劣质的报纸上，线条和黑白的对照迷糊一些，就该和张女士的短篇气息差不多。

为什么要用这个譬喻？因为她阴沉的篇幅里，时时渗入轻松的笔调，俏皮的口吻，好比一些闪烁的磷火，教人分不清这微光是黄昏还是曙色。有时幽默的分量过了分，悲喜剧变成了趣剧。趣剧不打紧，但若沾上了轻薄味（如《琉璃瓦》），艺术就给摧残了。

明知挣扎无益，便不挣扎了。执着也是徒然，便舍弃了。这是道地的东方精神。明哲与解脱，可同时是卑怯，懦弱，懒惰，虚无。反映到艺术品上，便是没有波澜的寂寂的死气，不一定有美丽而苍凉的手势来点缀。川嫦没有和病魔奋斗，没有丝毫意志的努力。除了向世界遗憾地投射一眼之外，她连抓住世界的念头都没有。不经战斗的投降。自己的父母与爱人对她没有深切的留恋。读者更容易忘记她。而她还是许多短篇中刻画得最深的人物！①

微妙尴尬的局面，始终是作者最擅长的一手。时代，阶级，教育，利害观念完全不同的人相处在一块时所有暧昧含糊的情景，没有人比她传达得更真切。各种心理互相摸索，摩擦，进攻，闪避，显得那么自然而风趣，好似古典舞中一边摆着架式（figure）一边交换舞伴那样轻盈，潇洒，熨帖。这种境界稍有过火或稍有不及，《封锁》与《年轻的时候》中细腻娇嫩的气息就要给破坏，从而带走了作品全部的魅力，然而这巧妙的技术，本身不过是一种迷人的奢侈；倘使不把它当作完成主题的手段（如《金锁记》中这些技术的作用），那末，充其量也只能制造一些小古董。

① 《心经》一篇只读到上半篇，九月期《万象》遍觅不得，故本文特置不论，好在这儿写的不是评传，挂漏也不妨。

在作者第一个长篇只发表了一部分的时候就来批评，当然是不免唐突的。但其中暴露的缺陷的严重，使我不能保持谨慎的缄默。

《连环套》的主要弊病是内容的贫乏。已经刊布了四期，还没有中心思想显露。霓喜和两个丈夫的历史，仿佛是一串五花八门，西洋镜式的小故事杂凑而成的。没有心理的进展，因此也看不见潜在的逻辑，一切穿插都失掉了意义。雅赫雅是印度人，霓喜是广东养女：就这两点似乎应该是《第一环》的主题所在。半世纪前印度商人对中国女子的看法，即使逃不出“玩物”二字，难道竟没有旁的特殊心理？他是殖民地种族，但在香港和中国人的地位不同，再加上是大绸缎铺子的主人。可是《连环套》中并无这两三个因素错杂的作用。养女（而且是广东的养女）该有养女的心理，对她一生都有影响。一朝移植之后，势必有一个演化蜕变的过程；决不会像作者所写的，她一进绸缎店，仿佛从小就在绸缎店里长大的样子。我们既不觉得雅赫雅买的是一个广东养女，也不觉得广东养女嫁的是一个印度富商。两个典型的人物都给中和了。

错失了最有意义的主题，丢开了作者最擅长的心理刻画，单凭着丰富的想象，逞着一支流转如踢踏舞似的笔，不知不

觉走上了纯粹趣味性的路。除开最初一段，越往后越着重情节：一套又一套的戏法（我几乎要说是噱头），突兀之外还要突兀，刺激之外还要刺激，仿佛作者跟自己比赛似的，每次都要打破上一次的纪录，像流行的剧本一样，也像歌舞团里的接一连二的节目一样，教读者眼花缭乱，应接不暇。描写色情的地方（多的是），简直用起旧小说和京戏——尤其是梆子戏——中最要不得而最叫座的镜头！《金锁记》的作者不惜用这种技术来给大众消闲和打哈哈，未免太出人意料了。

至于人物的缺少真实性，全都弥漫着恶俗的漫画气息，更是把 taste“看成了脚下的泥”。西班牙女修士的行为，简直和中国从前的三姑六婆一模一样。我不知半世纪前香港女修院的清规如何，不知作者在史实上有何根据；但她所写的，倒更近于欧洲中世纪的丑史，而非她这部小说里应有的现实。其次，她的人物不是外国人，便是广东人。即使地方色彩在用语上无法积极地标识出来，至少也不该把纯粹《金瓶梅》《红楼梦》的用语，硬嵌入西方人和广东人嘴里。这种错乱得可笑的化装，真乃不可思议。

风格也从没像在《连环套》中那样自贬得厉害。节奏，风味，品格，全不讲了。措词用语，处处显出“信笔所之”

的神气，甚至往腐化的路上走。《倾城之恋》的前半篇，偶尔已看到“为了宝络这头亲，却忙得鸦飞雀乱，人仰马翻”的套语；幸而那时还有节制，不过小疵而已。但到了《连环套》，这小疵竟越来越多，像流行病的细菌一样了：“两个嘲戏做一堆”，“是那个贼囚根子在他跟前……”，“一路上凤尾森森，香尘细细”，“青山绿水，观之不足，看之有余”，“三人分花拂柳”，“衔恨于心，不在话下”，“见了这等人物，如何不喜”，“………暗暗点头，自去报信不提”，“他触动前情，放出风流债主的手段”，“有话即长，无话即短”，“那内侄如同箭穿雁嘴，钩搭鱼腮，做声不得”……这样的滥调，旧小说的渣滓，连现在的鸳鸯蝴蝶派和黑幕小说家也觉得恶俗而不用了，而居然在这里出现。岂不也太像奇迹了吗？

在扯了满帆，顺流而下的情势中，作者的笔锋“熟极而流”，再也把不住舵。《连环套》逃不过刚下地就夭折的命运。

四、结论

我们在篇首举出一般创作的缺陷，张女士究竟填补了多少呢？一大部分，也是一小部分。心理观察，文字技巧，想象力，在她都已不成问题。这些优点对作品真有贡献的，却

只《金锁记》一部。我们固不能要求一个作家只产生杰作，但也不能坐视她的优点把她引入危险的歧途，更不能听让新的缺陷去填补旧的缺陷。

《金锁记》和《倾城之恋》，以题材而论似乎前者更难处理，而成功的却是那更难处理的。在此见出作者的天分和功力。并且她的态度，也显见对前者更严肃，作品留在工场里的时期也更长久。《金锁记》的材料大部分是间接得来的：人物和作者之间，时代，环境，心理，都距离甚远，使她不得不丢开自己，努力去生活在人物身上，顺着情欲发展的逻辑，尽往第三者的个性里钻。于是她触及了鲜血淋漓的现实。至于《倾城之恋》，也许因为作者身经危城劫难的印象太强烈了，自己的感觉不知不觉过量地移注在人物身上，减少客观探索的机会。她和她的人物同一时代，更易混入主观的情操。还有那漂亮的对话，似乎把作者首先迷住了：过度的注意局部，妨害了全体的完成。只要作者不去生活在人物身上，不跟着人物走，就免不了肤浅之病。

小说家最大的秘密，在能跟着创造的人物同时演化。生活经验是无穷的。作家的生活经验怎样才算丰富是没有标准的。人寿有限，活动的环境有限；单凭外界的材料来求生活

的丰富，决不够成为艺术家。唯有在众生身上去体验人生，才会使作者和人物同时进步，而且渐渐超过自己。巴尔扎克不是在第一部小说成功的时候，就把人生了解得那么深，那么广的。他也不是对贵族，平民，劳工，富商，律师，诗人，画家，荡妇，老处女，军人……那些种类万千的人的心理，分门别类的一下子都研究明白，了如指掌之后，然后动笔写作的。现实世界所有的不过是片段的材料，片段的暗示；经小说家用心理学家的眼光，科学家的耐心，宗教家的热诚，依照严密的逻辑推索下去，忘记了自我，化身为故事中的角色（还要走多少回头路，白花多少心力），陪着他们作身心的探险，陪他们笑，陪他们哭，才能获得作者实际未曾经历的经历。一切的大艺术家就是这样一面工作一面学习的。这些平凡的老话，张女士当然知道。不过作家所遇到的诱惑特别多，也许旁的更悦耳的声音，在她耳畔盖住了老生常谈的单调的声音。

技巧对张女士是最危险的诱惑。无论哪一部门的艺术家，等到技巧成熟过度，成了格式，就不免要重复他自己。在下意识中，技能像旁的本能一样时时骚动着，要求一显身手的机会，不问主人胸中有没有东西需要它表现。结果变成了文字游戏。写作的目的和趣味，仿佛就在花花絮絮的方块字的

堆砌上。任何细胞过度的膨胀，都会变成癌。其实，彻底地说，技巧也没有止境。一种题材，一种内容，需要一种特殊的技巧去适应。所以真正的艺术家，他的心灵探险史，往往就是和技巧的战斗史。人生形相之多，岂有一两套衣装就够穿戴之理？把握住了这一点，技巧永久不会成癌，也就无所谓危险了。

文学遗产的记忆过于清楚，是作者另一危机。把旧小说的文体运用到创作上来，虽在适当的限度内不无情趣，究竟近于玩火，一不留神，艺术会给它烧毁的。旧文体的不能直接搬过来，正如不能把西洋的文法和修辞直接搬用一样。何况俗套滥调，在任何文字里都是毒素！希望作者从此和它们隔离起来。她自有她净化的文体。《金锁记》的作者没有理由往后退。

聪明机智成了习气，也是一块绊脚石。王尔德派的人生观，和东方式的“人生朝露”的腔调混合起来，是没有前程的。它只能使心灵从洒脱而空虚而枯涸，使作者离开艺术，离开人，埋葬在沙龙里。

我不责备作者的题材只限于男女问题，但除了男女以外，世界究竟还辽阔得很。人类的情欲也不仅仅限于一二种。假

如作者的视线改换一下角度的话，也许会摆脱那种淡漠的贫血的感伤情调；或者痛快成为一个彻底的悲观主义者，把人生剥出一个血淋淋的面目来。我不是鼓励悲观。但心灵的窗子不会嫌开得太多，因为可以免除单调与闭塞。

总而言之，才华最爱出卖人！像张女士般有多面的修养而能充分运用的作家（绘画，音乐，历史的运用，使她的文体特别富丽动人），单从《金锁记》到《封锁》，不过如一杯兑过几次开水的龙井，味道淡了些。即使如此，也嫌太奢侈，太浪费了。但若取悦大众（或只是取悦自己来满足技巧欲——因为作者可能谦抑地说：我不过写着玩儿的）到写日报连载小说（fuilleton）和所谓 fiction 的地步，那样的倒车开下去，老实说，有些不堪设想。

宝石镶嵌的图画被人欣赏，并非为了宝石的彩色。少一些光芒，多一些深度，少一些词藻，多一些实质：作品只会有更完满的收获。多写，少发表，尤其是服侍艺术最忠实的态度。（我知道作者发表的决非她的处女作，但有些大作家早年废弃的习作，有三四十部小说从未问世的记录。）文艺女神的贞洁是最宝贵的，也是最容易被污辱的。爱护她就是爱护自己。

一位旅华数十年的外侨和我闲谈时说起："奇迹在中国不算稀奇，可是都没有好收场。"但愿这两句话永远扯不到张爱玲女士身上！

一九四四年四月七日

# 第三章

# 热爱就是生命的中午

热爱就是生命的中午，

活跃的精力达到了最高境界，

发出灿烂的光芒。

*f*

# 菲列伯·苏卜《夏洛外传》译者序

菲列伯·苏卜《夏洛外传》，系傅雷先生的第一部译著。译于一九三二年，翌年九月以自己出版社名义自费出版，书前冠有（《夏洛外传》译者序）。菲列伯。苏卜（一八九七——一九九〇），法国小说家、诗人、评论家和政治活动家。本篇选自《傅雷文集·文艺卷》（当代世界版）。——编者注

“夏洛是谁？”恐怕国内所有爱看电影的人中没有几个能回答。

大家都知卓别林而不知有夏洛，可是没有夏洛（Chalot），也就没有卓别林了。

大家都知道卓别林领我们笑，不知卓别林更使我们哭。大家都知卓别林是世界上最著名的电影明星之一，而不知他是现代最大艺术家之一。这是中国凡事认不清糟粕与精华（尤其是关于外国的）的通病。

“夏洛是谁？”是卓别林全部电影作品中的主人翁，是卓别林幻想出来的人物，是卓别林自身的影子，是你，是我，是他，是一切弱者的影子。

夏洛是一个无家可归的浪人。在他漂泊的生涯中，除受尽了千古不变的人世的痛苦，如讥嘲，嫉妒，轻薄，侮辱等以外，更备尝了这资本主义时代所尤其显著的阶级的苦恼。他一生只是在当兵，当水手，当扫垃圾的，当旅馆侍者，那些“下贱”的职业中轮回。

夏洛是一个现世所仅有天真未凿，童心犹在的真人。他对于世间的冷嘲，热骂，侮辱，非但是不理，简直是不懂。他彻头彻尾地不了解人类倾轧凌轹的作用。所以他吃了亏也只知拖着笨重的破靴逃；他不识虚荣，故不知胜利的骄傲：其不知抵抗者亦以此。

这微贱的流浪者，见了人一不分阶级地脱帽行礼，他懂得唯有这样才能免受白眼与恶打。

人们虽然待他不好，但夏洛并不憎恨他们，因为他不懂憎恨，他只知爱。

是的，他只知爱：他爱自然，爱动物，爱儿童，爱漂流，爱人类，只要不打他的人他都爱，打过了他的人他还是一样地爱。

因此，夏洛在美洲在欧洲，在世界上到处博得普遍的同情，一切弱者都认他为唯一的知己与安慰者。

他是憨，傻，蠢，真—其实这都是真的代名词—因此他一生做了不少又憨又傻又蠢而又真的事！

他饿了，饥饿是他的同伴，他要吃，为了吃不知他挨了几顿恶打。

他饿急的时候，也想发财，如一般的人一样。

也如一般的人一样，他爱女人，因此做下了不少在绅士们认为不雅观的笑话。

他漂泊的生涯中，并非没有遇到有饭吃，有钱使，有女人爱的日子，但他终于舍弃一切，回头去找寻贫穷，饥饿，

漂泊。他割舍不了它们。

他是一个孤独者。

夏洛脱一脱帽，做一个告别的姿势，反被着手踏着八字式的步子又往不可知的世界里去了。

他永远在探险。他在举动上，精神上，都没有一刻儿的停滞。

夏洛又是一个大理想家，一直在做梦。

“夏洛是谁？”

夏洛是现代的邓几枭脱（Don Quichotte）。

夏洛是世界上最微贱的生物，最高贵的英雄。

夏洛是卓别林造出来的，故夏洛的微贱就是卓别林的微贱，夏洛的伟大也就是卓别林的伟大。

夏洛一生的事迹已经由法国文人兼新闻记者菲列伯·苏卜（Philippe Souppault），以小说的体裁，童话的乐趣，写了一部外传，列入巴黎北龙书店（Librairie Plon，Paris）的“幻想人物列传”之三。

去年二月二十二日巴黎“Intransigeant 夜报”载着卓别林关于夏洛的一段谈话：

“啊，夏洛！我发狂般爱他。他是我毕生的知己，是我悲哀苦闷的时间中的朋友。一九一九年我上船到美国去的时候，确信在电影事业中是没有发财的机会的；然而夏洛不断地勉励我，而且为我挣了不少财产。我把这可怜的小流浪人，这怯弱，不安，挨饿的生物诞生到世上来的时候，原想由他造成一部悲怆的哲学（Philosophie Pathetique），造成一个讽刺的，幽默的人物。手杖代表尊严，胡须表示骄傲，而一对破靴是象征世间沉重的烦恼！”

“这个人物在我的心中生存着，有时他离我很近，和我在一起，有时却似乎走远了些。”

夏洛在《城市之光》里演了那幕无声的恋爱剧后，又不

知在追求些什么新的 aventure 了。但有一点我敢断言的，就是夏洛的 aventure 是有限的，而他的生命却是无穷的。他不独为现代人类之友，且亦为未来的，永久的人类之友，既然人间的痛苦是无穷无尽的。

# 罗曼·罗兰《约翰·克利斯朵夫》译者弁言

本文写于一九四〇年，原载一九四一年商务初版，现转录于此，文字一仍其旧，未加改动，唯《约翰·克利斯朵夫》里的引文，已据现行的重译本校正。

在本书十卷中间，本册所包括的两卷恐怕是最混沌最不容易了解的一部了。因为克利斯朵夫在青年成长的途中，而青年成长的途程就是一段混沌、暧昧、矛盾、骚乱的历史。顽强的意志，簇新的天才，被更趋顽强的和年代久远的传统与民族性拘囚在樊笼里。它得和社会奋斗，和过去的历史奋斗，更得和人类固有的种种劣根性奋斗。一个人唯有在这场艰苦的斗争中得胜，才能打破青年期的难关而踏上成人的大道。儿童期所要征服的是物质世界，青年期所要征服的是精神世界。还有最悲壮的是现在的自我和过去的自我冲突：从前费了多少心血获得的宝物，此刻要费更多的心血去反抗，以求解脱。

“这个时期正是他闭着眼睛对幼年时代的一切偶像反抗的时期。他恨自己，恨他们，因为当初曾经五体投地的相信了他们——而这种反抗也是应当的。人生有一个时期应当敢于不公平，敢把跟着别人佩服的敬重的东西——不管是真理是谎言——一概摒弃，敢把没有经过自己认为是真理的东西统统否认。所有的教育，所有的见闻，使一个儿童把大量的谎言与蠢话，和人生主要的真理混在一起吞饱了，所以他若要成为一个健全的人，少年时期的第一件责任就得把宿食呕吐干净。”

是这种心理状态驱使克利斯朵夫肆无忌惮的抨击前辈的宗师，抨击早已成为偶像的杰作，抉发德国民族的矫伪和感伤性，在他的小城里树立敌人，和大公爵冲突，为了精神的自由丧失了一切物质上的依傍，终而至于亡命国外(关于这些，尤其是克利斯朵夫对于某些大作的攻击，原作者在卷四的初版序里就有简短的说明)。至于强烈犷野的力在胸中冲撞奔突的骚乱，尚未成形的艺术天才挣扎图求生长的苦闷，又是青年期的另外一支精神巨流。

“一年之中有几个月是阵雨的季节，同样，一生之中有些年龄特别富于电力……”

“整个的人都很紧张。雷雨一天一天的酝酿着。白茫茫的天上布满着灼热的云。没有一丝风，凝集不动的空气在发酵，似乎沸腾了。大地寂静无声，麻痹了。头里在发烧，嗡嗡的响着；整个天地等着那愈积愈厚的力爆发，等着那重甸甸的高举着的锤子打在乌云上面。又大又热的阴影移过，一阵火辣辣的风吹过；神经像树叶般发抖……”

“这样等待的时候自有一种悲怆而痛快的感觉。虽然你受着压迫，浑身难过，可是你感觉到血管里头有的是烧着整个宇宙的烈火。陶醉的灵魂在锅炉里沸腾，像埋在酒桶里的葡萄。千千万万的生与死的种子都在心中活动。结果会产生些什么来呢？……像一个孕妇似的，你的心不声不响的看着自己，焦急的听着脏腑的颤动，想道：‘我会生下些什么来呢？’”

这不是克利斯朵夫一个人的境界，而是古往今来一切伟大的心灵在成长时期所共有的感觉。

“欢乐，如醉如狂的欢乐，好比一颗太阳照耀着一切现在与未来的成就，创造的快乐，神明的欢乐！唯有创造才是欢乐。唯有创造的生灵才是生灵，其余的尽是与生命无关而

在地下飘浮的影子……

“创造，不论是肉体方面的或精神方面的，总是脱离躯壳的樊笼，卷入生命的旋风，与神明同寿。创造是消灭死。”

瞧，这不是贝多芬式的艺术论么？这不是柏格森派的人生观么？现代的西方人是从另一途径达到我们古谚所谓“物我同化”的境界的，译者所热诚期望读者在本书中有所领会的，也就是这个境界。

“创造才是欢乐”，“创造是消灭死”，是罗曼·罗兰这阕大交响乐中的基调，他所说的不朽，永生，神明，都当做如是观。

我们尤须牢记的是，切不可狭义的把《约翰·克利斯朵夫》单看做一个音乐家或艺术家的传记。艺术之所以成为人生的酵素，只因为它含有丰满无比的生命力。艺术家之所以成为我们的模范。只因为他是不完全的人群中比较最完全的一个。而所谓完全并非是圆满无缺，而是颠扑不破的、再接再厉的向着比较圆满无缺的前途迈进的意思。

然而单用上述几点笼统的观念还不足以概括本书的精神。译者在第一册卷首的献辞和这段弁言的前节里所说的，只是《约翰·克利斯朵夫》这部书属于一般的、普泛的方面。换句话说，至此为止，我们的看法是对一幅肖像画的看法，所见到的虽然也有特殊的征象，但演绎出来的结果是对于人类的一般的、概括式的领会。可是本书还有另外一副更错杂的面目：无异一幅巨大的历史画——不单是写实的而且是象征的，含有预言意味的。作者把整个十九世纪末期的思想史、社会史、政治史、民族史、艺术史来做这个新英雄的背景。于是本书在描写一个个人而涉及人类永久的使命与性格以外，更具有反映某一特殊时期的历史性。

最显著的对比，在卷四与卷五中占着一大半篇幅的，是德法两个民族的比较研究。罗曼·罗兰使青年的主人翁先对德国做一极其严正的批判：

“他们耗费所有的精力，想把不可调和的事情加以调和。特别从德国战胜以后，他们更想来一套令人作呕的把戏，在新兴的力和旧有的原则之间觅取妥协……吃败仗的时候，大家说德国是爱护理想。现在把别人打败了，大家说德国是人类的理想。看到别的国家强盛，他们就像莱辛一样的说：‘爱

国心不过是想做英雄的倾向，没有它也不妨事’，并且自称为‘世界公民’。如今自己抬头了，他们便对于所谓‘法国式’的理想不胜轻蔑，对什么世界和平，什么博爱，什么和衷共济的进步，什么人权，什么天然的平等，一律瞧不起，并且说最强的民族对别的民族可以有绝对的权利，而别的民族，就因为弱，所以对它绝对没有权利可言。它是活的上帝，是观念的化身，它的进步是用战争、暴行、压力，来完成的……”（在此，读者当注意这段文字是在本世纪初期写的。）

尽量分析德国民族以后，克利斯朵夫便转过来解剖法兰西了。卷五用的“节场”这个名称就是含有十足暴露性的。说起当时的巴黎乐坛时，作者认为“只是一味的温和，苍白，麻木，贫血，憔悴……”又说那时的音乐家“所缺少的是意志，是力；一切的天赋他们都齐备——只少一样：就是强烈的生命”。

“克利斯朵夫对那些音乐界的俗物尤其感到恶心的，是他们的形式主义。他们之间只讨论形式一项。情操，性格，生命，都绝口不提！没有一个人想到真正的音乐家是生活在音响的宇宙中的，他的岁月就寄于音乐的浪潮。音乐是他呼吸的空气，是他生息的天地。他的心灵本身便是音乐，他所爱，

所憎，所苦，所惧，所希望，又无一而非音乐……天才是要用生命力的强度来测量的，艺术这个残缺不全的工具也不过想唤引生命罢了。但法国有多少人想到这一点呢？对这个化学家式的民族，音乐似乎只是配合声音的艺术。它把字母当做书本……”

等到述及文坛、戏剧界的时候，作者所描写的又是一片颓废的气象，轻佻的癖习，金钱的臭味。诗歌与戏剧，在此拉丁文化的最后一个王朝里，却只是“娱乐的商品”。笼罩着知识阶级与上流社会的，只有一股沉沉的死气。

“豪华的表面，繁嚣的喧闹，底下都有死的影子。”

“巴黎的作家都病了……但在这批人，一切都归结到贫瘠的享乐。贫瘠，贫瘠。这就是病根所在，滥用思想，滥用感官，而毫无果实……”

对此十九世纪的“世纪末”现象，作者不禁大声疾呼：

“可怜虫！艺术不是给下贱的人享用的下贱刍秣。不用说，艺术是一种享受，一切享受中最迷人的享受。但你只能

用艰苦的奋斗去换来，等到‘力’高歌胜利的时候才有资格得到艺术的桂冠……你们沾沾自喜的培养你们民族的病，培养他们的好逸恶劳，喜欢享受，喜欢色欲，喜欢虚幻的人道主义，和一切足以麻醉意志，使它萎靡不振的因素。你们简直是把民族带去上鸦片烟馆……”

巴黎的政界，妇女界，社会活动的各方面，都逃不出这腐化的氛围。然而作者并不因此悲观，并不以暴露为满足，他在苛刻的指摘和破坏后面，早就潜伏着建设的热情。正如克利斯朵夫早年的剧烈抨击古代宗师，正是他后来另创新路的起点。破坏只是建设的准备。在此德法两民族的比较与解剖下面，隐伏着一个伟大的方案：就是以德意志的力救济法兰西的萎靡，以法兰西的自由救济德意志的柔顺服从，西方文化第二次的再生应当从这两个主要民族的文化交流中发轫。所以罗曼·罗兰使书中的主人翁生为德国人，使他先天成为一个强者，力的代表〔他的姓克拉夫脱 (Kraft) 在德文中就是力的意思〕，秉受着古佛兰德斯族的质朴的精神，具有贝多芬式的英雄意志，然后到莱茵彼岸去领受纤腻的、精练的、自由的法国文化的洗礼。拉丁文化太衰老，日耳曼文化太粗犷，但是两者交汇融合之下，倒能产生一个理想的新文明。克利斯朵夫这个新人，就是新人类的代表。他的最后的

旅程，是到拉斐尔的祖国去领会清明恬静的意境。从本能到智慧，从粗犷的力到精练的艺术，是克利斯朵夫前期的生活趋向，是未来文化——就是从德国到法国——的第一个阶段。从血淋淋的战斗到平和的欢乐，从自我和社会的认识到宇宙的认识，从扰攘骚乱到光明宁静，从多雾的北欧越过阿尔卑斯，来到阳光绚烂的地中海，克利斯朵夫终于达到了最高的精神境界：触到了生命的本体，握住了宇宙的真如，这才是最后的解放，“与神明同寿”！意大利应当是心灵的归宿地（卷五末所提到的葛拉齐亚便是意大利的化身）。尼采的查拉图斯特拉现在已经具体成形，在人间降生了。他带来了鲜血淋漓的现实。托尔斯泰的福音主义的使徒只成为一个时代的幻影，烟雾似的消失了，比“超人”更富于人间性、世界性、永久性的新英雄克利斯朵夫，应当是人类以更大的苦难、更深的磨练去追求的典型。

这部书既不是小说，也不是诗，据作者的自白，说它有如一条河。莱茵这条横贯欧洲的巨流是全书的象征。所以第一卷第一页第一句便是极富于音乐意味的、包藏无限生机的“江声浩荡……”

对于一般的读者，这部头绪万端的迷宫式的作品，一时

恐怕不容易把握它的真谛，所以译者谦卑的写这篇说明作为引子，希望为一般探宝山的人做一个即使不高明、至少还算忠实的向导。

译者<br>一九四〇年

# 罗曼·罗兰《约翰·克利斯朵夫》译者献辞

《约翰·克利斯朵夫》始译于一九三七年一月，此献辞载于该年由商务印书馆出版的第一册，全书四册于一九四一年二月出齐。

真正的光明决不是永没有黑暗的时间，只是永不被黑暗所掩蔽罢了。真正的英雄决不是永没有卑下的情操，只是永不被卑下的情操所屈服罢了。

所以在你要战胜外来的敌人之前，先得战胜你内在的敌人，你不必害怕沉沦堕落，只消你能不断的自拔与更新。

《约翰·克利斯朵夫》不是一部小说——应当说，不止是一部小说，而是人类一部伟大的史诗。它所描绘歌咏的不是人类在物质方面而是在精神方面所经历的艰险，不是征服外界而是征服内界的战迹。它是千万生灵的一面镜子，是古

今中外英雄圣哲的一部历险记，是贝多芬式的一阕大交响乐。愿读者以虔敬的心情来打开这部宝典吧！

战士啊，当你知道世界上受苦的不止你一个时，你定会减少痛楚，而你的希望也将永远在绝望中再生了吧！

## 罗曼·罗兰《贝多芬传》译者序

《贝多芬传》始译于一九三一年春，后应上海《国际译报》编者之邀，节录精要，名为《贝多芬评传》，刊于一九三四年第一期。一九四二年三月傅雷重译此书，并撰写此序，该书一九四六年四月由上海骆驼书店出版。

唯有真实的苦难，才能驱除浪漫底克的幻想的苦难。唯有看到克服苦难的壮烈的悲剧，才能帮助我们担受残酷的命运；唯有抱着“我不入地狱谁入地狱”的精神，才能挽救一个萎靡而自私的民族：这是我十五年前初次读到本书时所得的教训。

不经过战斗的舍弃是虚伪的，不经劫难磨练的超脱是轻佻的，逃避现实的明哲是卑怯的；中庸，苟且，小智小慧，是我们的致命伤：这是我十五年来与日俱增的信念。而这一切都由于贝多芬的启示。

我不敢把这样的启示自秘，所以十年前就迻译了本书。现在阴霾遮蔽了整个天空，我们比任何时候都更需要精神的支持，比任何时候都更需要坚忍、奋斗、敢于向神明挑战的大勇主义。现在，当初生的音乐界只知训练手的技巧，而忘记了培养心灵的神圣工作的时候，这部《贝多芬传》对读者该有更深刻的意义——由于这个动机，我重译了本书①。

此外，我还有个人的理由。疗治我青年时世纪病的是贝多芬，扶植我在人生中的战斗意志的是贝多芬，在我灵智的成长中给我大影响的是贝多芬，多少次的颠扑曾由他搀扶，多少的创伤曾由他抚慰——且不说引我进音乐王国的这件次要的恩泽。除了把我所受的恩泽转赠给比我年轻的一代之外，我不知还有什么方法可偿还我对贝多芬，和对他伟大的传记家罗曼·罗兰所负的债务。表示感激的最好的方式，是施与。

为完成介绍的责任起见，我在译文以外，附加了一篇分

---

① 这部书的初译稿，成于一九三二年，在存稿堆下埋藏了有几十年之久——出版界坚持本书已有译本，不愿接受。但已出版的译本绝版已久、我始终未曾见到。然而我深深地感谢这件在当时使我失望的事故，使我现在能全部重译，把少年时代幼稚的翻译习作一笔勾销。

析贝多芬的文字。我明知道是一件越俎的工作，但望这番力不从心的努力，能够发生抛砖引玉的作用。

译者

一九四二年三月

# 杜哈曼《文明》译者弁言

一九四二年四月傅雷译毕《文明》，至一九四七年三月，又“花了一个月的功夫把旧译痛改一遍”，并撰此弁言。《文明》一书于一九四七年五月由南国出版社出版。杜哈曼（Georges Duhamel，1884–1966），法国作家。

假如战争是引向死亡的路，战争文学便是描写死亡的文学。这种说法，对《文明》似乎格外真切。因为作者是医生，像他所说的，是修理人肉机器的工匠。医院本是生与死的缓冲地带，而伤兵医院还有殡殓与墓地的设备。

伤兵撤离了火线，无须厮杀了，没有了眼前的危险；但可以拼命的对象，压抑恐惧的疯狂，也随之消灭。生与死的搏斗并没中止，只转移了阵地：从庞大的军事机构转到渺小的四肢百体，脏腑神经。敌人躲在无从捉摸无法控制的区域，加倍的凶残，防御却反而由集团缩为个人。从此是无穷尽的苦海，因为人在痛苦之前也是不平等的。有的“凝神壹志使自己尽量担受痛苦”；有的“不会受苦，像一个人不会说外国话一样”；有的靠了坚强的意志，即使不能战胜死亡，至

少也暂时克服了痛楚；有的求生的欲望和溃烂的皮肉对比之下，反而加增了绝望。到了忍无可忍的时候，死亡变成解放的救星，不幸“死亡并不肯服从人的愿望，它由它的意思来打击你：时间，地位，都得由它挑”——这样的一部战争小说集，简直是血肉淋漓的死的哲学。它使我们对人类的认识深入了一步，“见到了他们浴着一道更纯洁的光，赤裸裸的站在死亡前面，摆脱了本能，使淳朴的灵魂恢复了它神明的美。”

可是作者是小说家，他知道现实从来不会单纯，不但沉沦中有伟大，惨剧中还有喜剧。辛酸的讽喻，激昂的抗议，沉痛的呼号，都抑捺不了幽默的微笑，人的愚蠢、怪僻、虚荣，以及偶然的播弄，一经他尖刻辛辣的讽刺（例如《葬礼》、《纪律》、《装甲骑兵居佛里哀》），在那些惨淡的岁月与悲壮的景色中间，滑稽突梯，宛如群鬼的舞蹈（dance macabre）。

作者是冷静的心理分析者，但也是热情的理想主义者。精神交感的作用，使他代替杜希中尉挨受临终苦难。没有夸张，没有嚎恸，两个简单的对比，平铺直叙的刻画出多么凄凉的悲剧。“这个局面所有紧张刺激的部分，倒由我在那里

担负，仿佛这一大宗苦难无人承当就不成其为人生。”

有时，阴惨的画面上也射入些少柔和的光，人间的嬉笑教读者松一口气。例如《邦梭的爱情》：多少微妙的情绪互相激荡、感染，温馨美妙的情趣，有如华多的风情画。剖析入微的心理描写，用的却是婉转蕴藉的笔触：本能也罢，潜意识也罢，永远蒙上一层帷幕，微风飘动，只透露一些消息。作者是外科医生，知道开刀的时候一举一动都要柔和。轻松而端庄的喜剧气氛，也是那么淡淡的，因为骨子里究竟有血腥味；战争的丑恶维持着人物的庄严。还有绿衣太太那种似梦似幻的人物，连爱国的热情也表现得那么轻灵。她给伤兵的安慰，就像清风明月一样的自然，用不到费心，用不到知觉就接受了。朴素的小诗，比英勇的呼号更动人。

然而作者在本书中尤其是一个传道的使徒。对死亡的默想，对痛苦的同情，甚至对长官的讽刺，都归结到本书的题旨，文明！个人的毁灭，不但象征一个民族的，而且是整个文明的毁灭。“我用怜悯的口气讲到文明，是经过思索的，即使像无线电那样的发明也不能改变我的意见……今后人类滚下去的山坡，决不能再爬上去。”他又说：“文明，真正的文明，我是常常想到的，那应该是齐声合唱着颂歌的一个

大合唱队……应该是会说‘大家相爱’，‘以德报怨’的人。”到了三十年后的今日，无线电之类早已失去魅力，但即使像原子能那样的发明，我相信仍不能改变作者对文明的意见。

《文明》所描写的死亡，纵是最丑恶的场面，也有一股圣洁的香味。但这德性并不是死亡的，而是垂死的人类的。就是这圣洁的香味格外激发了生命的意义。《文明》描写死亡，实在是为驳斥死亡，否定死亡。

一九四二年四月我译完这部书的时候，正是二次大战方酣的时候。如今和平恢复了快两年，大家还没意思从坡上停止翻滚。所以，本书虽是第一次大战的作品，我仍旧花了一个月的功夫把旧译痛改了一遍。

译者

一九四七年三月

# 巴尔扎克《赛查·皮罗多盛衰记》译者序

傅译巴尔扎克《赛查·皮罗多盛衰记》于一九五八年译毕，并撰写《译者序》。一九七八年该书作为遗译，由人民文学出版社出版。

一八四六年十月，本书初版后九年，巴尔扎克在一篇答复人家的批评文章中提到：

“赛查·皮罗多在我脑子里保存了六年，只有一个轮廓，始终不敢动笔。一个相当愚蠢相当庸俗的小商店老板，不幸的遭遇也平淡得很，只代表我们经常嘲笑的巴黎零售业：这样的题材要引起人的兴趣，我觉得毫无办法。有一天我忽然想到：应当把这个人物改造一下，叫他做一个绝顶诚实的象征。”

于是作者就写出一个在各方面看来都极平凡的花粉商，

因为抱着可笑的野心，在兴旺发达的高峰上急转直下，一变而为倾家荡产的穷光蛋，但是“绝顶诚实”的德性和补赎罪过的努力，使他的苦难染上一些殉道的光彩。黄金时代原是他倒楣的起点，而最后胜利来到的时候，他的生命也到了终局。这么一来，本来不容易引起读者兴趣的皮罗多，终究在《人间喜剧》[①] 的舞台上成为久经考验，至今还没过时的重要角色之一。

乡下人出身的赛查·皮罗多，父母双亡，十几岁到巴黎谋生。由于机会好，也由于勤勤恳恳的劳动，从学徒升到店员，升到出纳，领班伙计，最后盘下东家的铺子，当了老板。他结了婚，生了一个女儿；太太既贤慧，女儿也长得漂亮；家庭里融融泄泄，过着美满的生活。他挣了一份不大不小的家业，打算再过几年，等女儿出嫁，把铺子出盘以后，到本乡去买一所农庄来经营，就在那里终老。至此为止，他的经历和一般幸运的小康的市民没有多大分别。但他年轻的时候参加过一次保王党的反革命暴动，中年时代遇到拿破仑下台，波旁王朝复辟，他便当上巴黎第二区的副区长。一八一九年，政府又给他荣誉团勋章。这一下他得意忘形，想摆脱花粉商

①《人间喜剧》是巴尔扎克所作九十四部小说的总称，按照作者的计划，还有五十部小说没有写出。

的身份，踏进上流社会去了。他扩充住宅，大兴土木，借庆祝领土解放为名开了一个盛大的跳舞会；同时又投资做一笔大规模的地产生意。然后他发觉跳舞会的代价花到六万法郎，预备付地价的大宗款子又被公证人卷逃。债主催逼，借贷无门，只得“交出清账”，宣告破产。接着便是一连串屈辱的遭遇和身败名裂的痛苦：这些折磨，他都咬紧牙关忍受了，因为他想还清债务，争回名誉。一家三口都去当了伙计，省吃俭用，积起钱来还债。过了几年，靠着亲戚和女婿的帮助，终于把债务全部了清，名誉和公民权一齐恢复；他却是筋疲力尽，受不住苦尽甘来的欢乐，就在女儿签订婚约的宴会上中风死了。

巴尔扎克把这出悲喜剧的教训归纳如下：

“每个人一生都有一个顶点，在那个顶点上，所有的原因都起了作用，产生效果。这是生命的中午，活跃的精力达到了平衡的境界，发出灿烂的光芒。不仅有生命的东西如此，便是城市，民族，思想，制度，商业，事业，也无一不如此；像王朝和高贵的种族一样，都经过诞生，成长，衰亡的阶段。……历史把世界上万物盛衰的原因揭露之下，可能告诉人们什么时候应当急流勇退，停止活动……

赛查不知道他已经登峰造极，反而把终点看做一个新的起点……结果与原因不能保持直接关系或者比例不完全相称的时候，就要开始崩溃：这个原则支配着民族，也支配着个人。”

这些因果关系与比例的理论固然很动听，但是把人脱离了特定的社会而孤立起来看，究竟是抽象，空泛而片面的，决不能说明兴亡盛衰的关键。资本主义的商业总是大鱼吃小鱼的残酷斗争，赛查不过是无数被吞噬的小鱼之中的一个罢了。巴尔扎克在书里说：“这里所牵涉的不止是一个单独的人，而是整个受苦的人群。”这话是不错的，但受苦的原因决不仅仅在于个人的聪明才智不够，或者野心过度，不知道急流勇退等等，而主要是在于社会制度。巴尔扎克说的“受苦的人群”，当然是指小市民，小店主，小食利者，在资本主义社会里注定要逐渐沦为无产者的那个阶层。作者在这本书里写的就是这般可怜虫如何在一个人吃人的社会里挣扎：为了不被人吃，只能自己吃人；要没有能力吃人，就不能不被人吃。他说：“在有些人眼里，与其做傻瓜，宁可做坏蛋。”傻瓜就是被吃的人，坏蛋就是有足够的聪明去吃人的人。个人的聪明才智只有在这个意义上才有作用。从表面看，赛查要不那么虚荣，就不会颠覆。可是他的叔岳不是一个明哲保

身的商人么？不是没有野心没有虚荣的么？但他一辈子都战战兢兢，提防生意上的风浪，他说："一个生意人不想到破产，好比一个将军永远不预备吃败仗，只算得半个商人。"既然破产在那个社会中是常事，无论怎样的谨慎小心也难有保障，可见皮罗多的虚荣，野心，糊涂，莽撞等等的缺点，只是促成他灾难的次要因素。即使他没有遇到罗甘和杜·蒂埃这两个骗子，即使他听从了妻子的劝告，安分守已，太平无事的照原来的计划养老，也只能说是侥幸。比勒罗对自己的一生就是这样看法。何况虚荣与野心不正是剥削社会所鼓励的么？争权夺利和因此而冒的危险，不正是私有制度应有的现象么？

而且也正是巴尔扎克，凭着犀利的目光和高度写实的艺术手腕，用无情的笔触在整部《人间喜剧》中暴露了那些血淋淋的事实。尤其这部《赛查·皮罗多盛衰记》的背景完全是一幅不择手段，攫取财富的丑恶的壁画。他带着我们走进大小商业的后台，叫我们看到各色各种的商业戏剧是怎么扮演的，掠夺与并吞是怎么进行的，竞争是怎样诞生的……所有的细节都归结到一个主题：对黄金的饥渴。那不仅表现在皮罗多身上，也表现在年轻的包比诺身上；连告老多年的拉贡夫妻，以哲人见称的比勒罗叔叔，都不免受着诱惑，几乎

把养老的本钱白白送掉。坏蛋杜·蒂埃发迹的经过，更是集卑鄙龌龊，丧尽天良之大成。他是一个典型的“冒险家”，“他相信有了钱，一切罪恶就能一笔勾销”，作者紧跟着加上一句按语：“这样一个人当然迟早会成功的。”在那个社会里，不但金钱万能，而且越是阴险恶毒，越是没有心肝，越容易飞黄腾达。所谓银行界，从底层到上层，从掌握小商小贩命脉的“羊腿子”起，到亦官亦商，操纵国际金融的官僚资本家纽沁根和格莱弟兄，没有一个不是无恶不作的大大小小的吸血鬼。书中写的主要是一八一六到一八二〇年间的事，那时的法国还谈不上近代工业；蒸汽机在一八一四年还不大有人知道，一八一七年罗昂城里几家纺织厂用了蒸汽动力，大家当做新鲜事儿；大批的铁道建设和真正的机械装备，要到一八三六年后才逐步开始。[①]可是巴尔扎克告诉我们，银行资本早已统治法国社会，银行家勾结政府，利用开辟运河之类的公用事业大做投机的把戏，已经很普遍；交易所中偷天换日，欺骗讹诈的勾当，也和二十世纪的情况没有两样。现代资本主义商业的黑幕，例如股份公司发行股票来骗广大群众的金钱，银行用收回信贷的手段逼倒企业，加以并吞等等，在十九世纪初叶不是具体而微，而是已经大规模进行了。

① 见拉维斯主编《法国近代史》第四卷“王政复辟”第三〇四页、第五卷“七月王朝”第一九八页。

杜·蒂埃手下的一个傀儡，无赖小人克拉巴龙，赤裸裸的说的一大套下流无耻的人生观[①]和所谓企业界的内情，应用到现在的资本主义社会仍然是贴切的。克拉巴龙给投机事业下的一个精辟的定义，反映巴尔扎克在一百几十年以前对资本主义发展的预见：

“花粉商道：‘投机？投机是什么样的买卖？’——克拉巴龙答道：‘投机是抽象的买卖。据金融界的拿破仑，伟大的纽沁根说……它能叫你垄断一切，油水的影踪还没看见，你就先到嘴了。那是一个惊天动地的规划，样样都用如意算盘打好的，反正是一套簇新的魔术。懂得这个神通的高手一共不过十来个。”

杜·蒂埃串通罗甘做的地产生意，自己不掏腰包，牺牲了皮罗多而发的一笔横财，便是说明克拉巴龙理论的一个实例。怪不得恩格斯说，巴尔扎克“汇集了法国社会的全部历史，我从这里，……甚至在经济细节方面……所学到的东西，也

① 见本书第十二章。——我想借此提醒一下青年读者，巴尔扎克笔下的一切冒险家都有类似杜·蒂埃和克拉巴龙的言论，充分表现愤世嫉俗，或是玩世不恭，以人生为一场大赌博的态度。我们读的时候不能忘了：那是在阶级斗争极尖锐的情形之下，一些不愿受人奴役而自己想奴役别人的人向他的社会提出的挑战，是反映你死我活的斗争的疯狂心理。

要比从当时所有职业的历史学家、经济学家和统计学家那里学到的全部东西还要多”。[①]而《赛查·皮罗多》这部小说特别值得我们注意的一点是：早在王政复辟时代，近代规模的资本主义还没有在法国完全长成以前，资本主义已经长着毒疮，开始腐烂。换句话说，巴尔扎克描绘了资产阶级的凶焰，也写出了那个阶级灭亡的预兆。

历来懂得法律的批评家一致称道书中写的破产问题，认为是法律史上极宝贵的文献。我们不研究旧社会私法的人，对这一点无法加以正确的估价。但即以一般读者的眼光来看，第十四章的《破产概况》所揭露的错综复杂的阴谋，又是合法又是非法的商业活剧，也充分说明了作者的一句很深刻的话：“一切涉及私有财产的法律都有一个作用，就是鼓励人勾心斗角，尽量出坏主意。”——在这里，正如在巴尔扎克所有的作品中一样，凡是他无情地暴露现实的地方，常常会在字里行间或是按语里面，一针见血，挖到资本主义社会的病根，而且比任何作家都挖得深，挖得透。但他放下解剖刀，正式发表他对政治和社会的见解的时候，就不是把社会向前推进，而是往后拉了。很清楚，他很严厉地批判他的社会；

① 恩格斯一八八八年四月初致哈克纳斯的信。

但同样清楚的是他站在封建主义立场上批判。他不是依据他现实主义的分析做出正确的结论，而是拿一去不复返的，被历史淘汰了的旧制度作批判的标准。所以一说正面话，巴尔扎克总离不开封建统治的两件法宝：君主专制和宗教，仿佛只有这两样东西才是救世的灵药。这部小说的保王党气息还不算太重，但提到王室和某些贵族，就流露出作者的虔敬，赞美，和不胜怀念的情绪，使现代读者觉得难以忍受。而凡是所谓“好人”，几乎没有一个不是虔诚的教徒，比勒罗所以不能成为完人，似乎就因为思想左倾和不信上帝。陆罗神甫鼓励赛查拿出勇气来面对灾难的时候，劝他说：“你不要望着尘世，要把眼睛望着天上。弱者的安慰，穷人的财富，富人的恐怖，都在天上。”当然，对一个十九世纪的神甫不是这样写法也是不现实的；可是我们清清楚楚感觉到，那个教士的思想正是作者自己的思想，正是他安慰一切穷而无告的人，劝他们安于奴役的思想。这些都是我们和巴尔扎克距离最远而绝对不能接受的地方。因为大家知道，归根结蒂他是一个天才的社会解剖家，同时是一个与时代进程背道而驰的思想家。

顺便说一说作者和破产的关系。巴尔扎克十八九岁的时候，在一个诉讼代理人的事务所里当过一年半的见习书记，

对法律原是内行。在二十六至二十九岁之间，他做过买卖，办过印刷所，结果亏本倒闭，欠的债拖了十年才还清。他还不断欠着新债，死后还是和他结婚只有几个月的太太代为偿还的。债主的催逼使他经常躲来躲去，破产的阴影追随了他一辈子。这样长时期的生活经验和不断感受的威胁，对于他写《皮罗多》这部以破产为主题的小说，不能说没有影响。书中那个啬刻的房东莫利奈说的话："钱是不认人的，钱没有耳朵，没有心肝"，巴尔扎克体会很深。

本书除了暴露上层资产阶级，还写了中下层的小资产阶级（法国人分别叫做布尔乔亚和小布尔乔亚）。这个阶层在法国社会中自有许多鲜明的特色与风俗，至今保存。巴尔扎克非常细致生动的写出他们的生活，习惯，信仰，偏见，庸俗，闭塞，也写出他们的质朴，勤劳，诚实，本分。公斯当斯，比勒罗，拉贡夫妻，包比诺法官，以及皮罗多本人，都是这一类的人物。巴尔扎克在皮罗多的跳舞会上描写他们时，说道：

"这时，圣·但尼街上的布尔乔亚正在耀武扬威，把滑稽可笑的怪样儿表现得淋漓尽致。平日他们就喜欢把孩子打扮成枪骑兵，民兵；买《法兰西武功年鉴》，买《士兵归田》

的木刻……上民团值班的日子特别高兴……他们想尽方法学时髦，希望在区公所里有个名衔。这些布尔乔亚对样样东西都眼红，可是本性善良，肯帮忙，人又忠实，心肠又软，动不动会哀怜人……他们为了好心而吃亏，品质不如他们的上流社会还嘲笑他们的缺点；其实正因为他们不懂规矩体统，才保住了那份真实的感情。他们一生清白，教养出一批天真本色的女孩子，刻苦耐劳，还有许多别的优点，可惜一踏进上层阶级就保不住了。”[①]

作者一边嘲笑他们，一边同情他们。最凸出的当然是他对待主角皮罗多的态度，他处处调侃赛查，又处处流露出对赛查的宽容与怜悯，最后还把他作为一个“为诚实而殉道的商人”加以歌颂。

倘若把玛杜太太上门讨债的一幕跟纽沁根捉弄皮罗多的一幕做一个对比，或者把皮罗多在破产前夜找克拉巴龙时心里想的“他平民大众的气息多一些，说不定还有点儿心肝”的话思索一下，更显出作者对中下阶层的看法。

---

① 见本书第七章。

所以这部作品不单是带有历史意义的商业小说，而且还是一幅极有风趣的布尔乔亚风俗画。

一九五八年六月五日

# 第四章 站在与命运抗争的血痕中

浴着一道纯洁的光，
赤裸裸地站在与命运抗争的血痕中，
摆脱了本能，
使淳朴的灵魂恢复了它神明的美。

# 塞尚

本文原载《东方杂志》第二十七卷第十九号，一九三〇年十月十日。

印象派的绘画，大家都知道是近代艺术史上一朵最华美的花。毕沙罗[①]、吉约曼[②]、雷诺阿[③]、西斯莱[④]、莫奈[⑤]等仿佛是一群天真的儿童，睁着好奇的慧眼，对于自然界的神奇幻变感到无限的惊讶，于是靠了光与色的灌溉滋养，培植成这个繁荣富丽的艺术之园。无疑的，这是一个奇迹。然而更使我们诧异的，却是在这群园丁中，忽然有一个中途倚铲怅惘的人，满怀着不安的情绪，对着园中鲜艳的群花，渐渐地怀疑起来，经过了长久的徘徊踌躇之后，决然和毕

---

① 毕沙罗（Camille Pissarro，1830–1903），法国印象派画家。

② 吉约曼（Armand Guillaumin，1841–1927），法国风景画家和雕刻家。

③ 雷诺阿（Pierre–Auguste Renoir，1841–1919），法国印象派重要画家，亦作雕刻和版画。

④ 西斯莱（Alfred Sisley，1839–1899），法国风景画家，印象派代表人物。

⑤ 莫奈（Claude Monet，1840–1926），法国画家，印象派创始人之一。

沙罗们分离了，独自在园外的荒芜的硬土中，播着一颗由坚强沉着的人格和赤诚沸热的心血所结晶的种子。他孤苦地垦植着，受尽了狂风骤雨的摧残，备尝着愚庸冥顽的冷嘲热骂的辛辣之味，终于这颗种子萌芽生长起来，等到这园丁六十余年的寿命终了的时光，已成了千尺的长松，挺然直立于悬崖峭壁之上，为现代艺术的奇花异草拓殖了一个簇新的领土上。这个奇特的思想家，这个倔强的画人，便是伟大的塞尚[①]。

真正的艺术家，一定是时代的先驱者，他有敏慧的目光，使他一直遥瞩着未来，有锐利的感觉，使他对于现实时时感到不满，有坚强的勇气，使他能负荆冠，能上十字架，只要是能满足他艺术的创造欲。至于世态炎凉，那于他更有什么相干呢？在这一点上，塞尚又是一个大勇者，可与德拉克鲁瓦[②]照耀千古。

他的一生，是全部在艰苦的奋斗中牺牲的：他不仅要和他所不满的现实战（即要补救印象派的弱点），而且还

① 塞尚（Paul Cézanne，1839–1906），法国画家，后期印象派代表人物。
② 德拉克鲁瓦（Eugéne Delacroix， 1798–1863），法国浪漫主义画家。

要和他自己的视觉，手腕及色感方面的种种困难战。固然，他有他独特的环境，使他能纯为艺术而艺术地制作，然而他不屈不挠的精神，超然物外的人格，实在是举世不多见的。

塞尚名保罗（Paul），于一八三九年生于普罗旺斯地区艾克斯（Aixen-Provence）。这是法国南方的一个首府。他的父亲是一个帽子匠出身的银行家，母亲是一位躁急的妇人。但她的热情，她的无名的烦闷，使她十分钟爱她的儿子，因为这儿子在先天已承受了她这部精神的遗产，也全靠了她的回护，塞尚才能战胜了他父亲的富贵梦，完成他做艺人的心愿。

他十岁时，就进当地的中学，和左拉[①]同学，两人的交谊一天天浓厚起来，直到左拉的小说成了名，渐渐想做一个小资产者的时候，才逐渐疏远。这时期两位少年朋友在校内、课外，已开始认识大自然的壮美了。尤其是在假中，两人徜徉山巅水涯，左拉念着浪漫派诸名家的诗，塞尚滔滔地讲着

① 左拉（Émile Zola，1840−1902），法国自然主义文学奠基人。

韦罗内塞[①]、鲁本斯[②]、伦勃朗[③]那些大画家的作品。他终身为艺者的意念，就这样地在充满着幻想与希望的少年心中酝酿成熟了。

在中学时代，他已在当地的美术学校上课，十九岁中学毕业时，他同时得到美术学校的素描（dessin）二等奖。这个荣誉使他的父亲不安起来，他对塞尚说："孩子，孩子，想想将来吧！天才是要饿死的，有钱才能生活啊！"

服从了父亲，塞尚无可奈何地在艾克斯大学法科听了两年课；终于父亲拗他不过，答应他到巴黎去开始他的艺术生涯。他一到巴黎就去找左拉。两人形影不离地过了若干时日，但不久，他们对于艺术的意见日渐龃龉，塞尚有些厌倦巴黎，忽然动身回家去了。这一次他的父亲想定可把这儿子笼络住了，既然是他自己回来的，就叫他在银行里做事。但这种枯索的生活，叫塞尚怎能忍受呢？于是账簿上，墙壁上都涂满了塞尚的速写或素描。末了，他的父

---

① 韦罗内塞（Paòlo Vèronèse，1528–1588），意大利文艺复兴后期威尼斯画派重要画家，著名的色彩大师。

② 鲁本斯（Peter Paul Rubens，1577–1640），比利时人，佛兰德斯著名画家。

③ 伦勃朗（Rembrandt，1606–1669），荷兰伟大画家。

亲又不得不让步，任他再去巴黎。

这回他结识了几位知己的艺友，尤其是毕沙罗与吉约曼（Guillaumin）和他最为契合。塞尚此时的绘画也颇受他们的影响。他们时常一起在巴黎近郊的欧韦（Auvers）写生。但年少气盛，野心勃勃的塞尚，忽然去投考巴黎美专；不料这位艾克斯美术学校的二等奖的学生在巴黎竟然落第。气愤之余，又跑回了故乡。

等到他第三次来巴黎时他换了一个研究室，一面仍在卢浮宫徜徉踯躅，站在鲁本斯或德拉克鲁瓦的作品前面，不胜低回激赏。那时期他画的几张大的构图（composition ）即是受德氏作品的感应。左拉最初怕塞尚去走写实的路，曾劝过他，此刻他反觉他的朋友太倾向于浪漫主义，太被光与色所眩惑了。

然而就在此时，他的被称为太浪漫的作品，已绝不是浪漫派的本来面目了。我们只要看他临摹德拉克鲁瓦的《但丁的渡舟》一画便可知道。此时人们对他作品的批评是说他好比把一支装满了各种颜色的手枪，向着画布乱放，于此可以想象到他这时的手法及用色，已绝不是拘守绳墨而

在探寻新路了。

人们曾向当时的前辈大师马奈[①]征求对于塞尚的画的意见，马奈回答说“你们能欢喜龌龊的画么？”这里，我们又可看出塞尚的艺术，在成形的阶段中，已不为人所了解了。马奈在十九世纪后叶被视为绘画上的革命者，尚且不能识得塞尚的摸索新路的苦心，一般社会，自更无从谈起了。

总之，他从德拉克鲁瓦及他的始祖威尼斯诸大家那里悟到了色的错综变化，从库尔贝[②]那里找到自己性格中固有的沉着，再加以纵横的笔触，想从印象派的单以“变幻”为本的自然中，搜求一种更为固定，更为深入，更为沉着，更为永久的生命。这是塞尚洞烛印象派的弱点，而为专主“力量”、“沉着”的现代艺术之先声。也就为这一点，人家才称塞尚的艺术是一种回到古典派的艺术。我们切不要把古典派和学院派这两个名词相混了，我们更不要把我们的目光专注在形式上（否则，你将永远找不出古典派和塞尚的相似处）。古典的精神，无论是文学史或艺术史都证明是代表“坚定”“永

① 马奈（Edouard Manet，1832-1883），法国印象派画家。

② 库尔贝（Gustave Courbet ，1819-1877），法国画家，现实主义绘画的开创者。

久”的两个要素。塞尚采取了这种精神，站在他自己的时代思潮上为二十世纪的新艺术行奠基礼，这是他尊重传统而不为传统所惑，知道创造而不是以架空楼阁冒充创造的伟大的地方。

再说回来，印象派是主张单以七种原色去表现自然之变化，他们以为除了光与色以外，绘画上几没有别的要素，故他们对于色的应用，渐趋硬化，到新印象派，即点描派，差不多用色已有固定的方式，表现自然也用不到再把自己的眼睛去分析自然了。这不但已失了印象派分析自然的根本精神，且已变成了机械，呆板，无生命的铺张。印象派的大功在于外光的发现，故自然的外形之美，到他们已表现到顶点，风景画也由他们而大成；然流弊所及，第一是主义的硬化与夸张，造成新印象派的徒重技巧，第二是印象派绘画的根本弱点，即是浮与浅，美则美矣，顾亦止于悦目而已。塞尚一生便是竭全力与此浮浅二字战的。

所谓浮浅者，就是缺乏内心。缺乏内心，故无沉着之精神，故无永久之生命。塞尚看透这一点，所以用“主观地忠实自然”的眼光，把自己的强毅浑厚的人格全部灌注在画面上，于是近代艺术就于萎靡的印象派中超拔出来了。

塞尚主张绝对忠实自然，但此所谓忠实自然，决非模仿抄袭之谓。他曾再三说过，要忠实自然，但用你自己的眼睛（不是受过别人影响的眼睛）去观察自然。换言之，须要把你视觉净化，清新化，儿童化，用着和儿童一样新奇的眼睛去凝视自然。

大凡一件艺术品之成功，有必不可少的一个条件，即要你的人格和自然合一（这所谓自然是广义的，世间种种形态色相都在内）。因为艺术品不特要表现外形的真与美，且要表现内心的真与美；后者是目的，前者是方法，我们决不可认错了。要达到这目的，必要你的全人格，透入宇宙之核心，悟到自然的奥秘，再把你的纯真的视觉，抓住自然之外形，这样的结果，才是内在的真与外在的真的最高表现。塞尚平生绝口否认把自己的意念放在画布上，但他的作品，明明告诉我们不是纯客观的照相，可知人类的生命——人格——是不由你自主地，不知不觉地，无意识地，透入艺术品之心底。因为人类心灵的产物，如果灭掉了人类的心灵，还有什么呢？

以上所述是塞尚的艺术论的大概及他与现代艺术的关系。以下想把他的技巧约略说一说。

塞尚全部技巧的重心，是在于中间色。此中间色有如音乐上的半音，旋律的谐和与否，全视此半音的支配得当与否而定。绘画上的色调亦复如是。塞尚的画，不论是人物，是风景，是静物，其光暗之间的冷色与热色都极复杂。他不和前人般只以明暗两种色调去组成旋律，只用一二种对称或调和的色彩去分配音阶，他是用各种复杂的颜色，先是一笔一笔地并列起来，再是一笔一笔地加叠上去，于是全画的色彩愈为鲜明，愈为浓厚，愈为激动，有如音乐上和声之响亮。这是塞尚在和谐上成功之秘诀。

有人说塞尚是最主体积的，不错，但体积从什么地方来的呢？也即因了这中间色才显出来的罢了。他并不如一般画家去斤斤于素描，等到他把颜色的奥秘抓住了的时候，素描自然有了，轮廓显著，体积也随着浮现。要之，塞尚是一个最纯粹的画家（peintre），是一个大色彩家（coloriste），而非描绘者（dessinateur ），这是与他的前辈德拉克鲁瓦相似之处。

至此，我们可以明了塞尚是用什么方法来达到补救印象派之弱点的目的，而建树了一个古典的，沉着的，有力的，建筑他的现代艺术。在现代艺术中，又可看出塞尚的影响之

大。大战前极盛的立方派，即是得了塞尚的体积的启示，再加以科学化的理论作为一种试验（essai）。在其他各画派中，塞尚又莫不与他同时的高更[①]与凡高[②]三分天下。

在艺术史上他是一个承前启后的旋转中枢的画人。

这样一个奇特而伟大的先驱者，在当时之不被人了解，也是当然的事。他一生从没有正式入选过官立的沙龙。几次和他朋友们合开的或个人的画展，没有一次不是他为众矢之的。每个妇女看到他的浴女，总是切齿痛恨，说这位拙劣的画家，毁坏了她们美丽的肉体。大小报章杂志，都一致认为他是一个变相的泥水匠，把什么白垩啊，土黄啊，绿的红的乱涂一阵，又哪知十年之后，大家都把他奉为偶像，敬之如神明呢？这种无聊的毁誉，在塞尚眼里当看做同样是愚妄吧!?

要知道塞尚这般放纵大胆的笔触，绝非随意涂抹，他每下一笔，都经过长久的思索与观察。他画了无数的静物，但

---

① 高更（Paul Gauguin,1848–1903），法国后期印象派画家。

② 凡高(Vincent vanGogh，1853–1890),伦勃朗以后荷兰最伟大的画家，后期印象派的代表人物。

他画每一只苹果，都像画第一只苹果时一样地细心研究。他替沃拉尔[①]画像，画了一百零四次还嫌没有成功，我真不知像他这样热爱艺术，苦心孤诣的画家在全部艺术史中能有几人！然而他到死还是口口声声的说："唉，我是不能实现的了，才窥到了一线光明，然而耄矣……上天不允许我了……"话未完而已老泪纵横，悲抑不胜……

一九〇六年十月二十一日他在野外写生，淋了冷雨回家，发了一晚的热，翌日支撑起来在家中作画，忽然又倒在画架前面，人们把他抬到床上，从此不起。

我再抄一个公式来做本篇的结束罢。

要了解塞尚之伟大，先要知道他是时代的人物，所谓时代的人物者，是＝永久的人物＋当代的人物＋未来的人物。

一九三〇年一月七日，于巴黎

① 沃拉尔（Ambroise Vollard，1865–1939），法国美术品商和出版商。

# 雨果的少年时代

## 一、父亲

维克托·雨果（Victor Hugo）的曾祖，是法国东北洛林（Lorraine）州的农夫，祖父是木匠，父亲是拿破仑部下的将军。

雨果将军（Général Léopold Hugo）于一七七三年生于法国东部南锡城（Nancy）。一七八八年从朗西中学出来之后，不久便投入行伍，数十年间，身经百战，受伤数次：从莱茵河直到地中海，从科西嘉岛（Corse——即拿破仑故乡）远征西班牙。一八一二年法国军队退出西班牙后，雨果将军回到故国，度着差不多是退休的生活，一八二八年病死巴黎。

论到将军的为人，虽然是一个勇武的战士，可并非善良的丈夫。如一切大革命时代的军人一样，心地是慈悲的，慷慨的，但生性是苛求的，刚愎的，在另一方面又是肉感的，在长年远征的时候，不能保守对于妻子的忠实。

一七九三年革命军与王党战于旺代（Vendée）的时候，利奥波德·雨果还只是一个大尉，他结认了一个名叫索菲·特雷比谢（Sophie Trébuchet）的女子，两人渐渐相悦，一七九七年十一月十五日在巴黎结了婚。最初，夫妇颇相得，一七九八年在巴黎生下第一个儿子阿贝尔（Abel），一八〇〇年于南锡生下次子欧仁（Eugène）。一八〇二年于贝桑（Besançon）复生下我们的大诗人维克托。

结缡六载，夫妇的感情，还和初婚时一样热烈，一样新鲜。丈夫出征莱茵河畔的时候，不断地给留在家里的妻子写信，这些信至今保留着，那是卢梭的《新哀洛绮思》（*Nouveile Hèloîse*）式的多愁善感的情书。妻子的性情似乎比较冷静，但对于丈夫竭尽忠诚。一八〇二年，维克托生下不久，他们正在南方的口岸马赛预备出发到科西嘉去；她为了丈夫的前程特地折回巴黎去替他疏通。她一直逗留了九个月，回来的时光，热情的丈夫耐不住这长期的孤寂，

“不能远远地空洞地爱她”（这是丈夫信中的话），已经另觅了一个情妇，从此，直到老死，就和妻妇仳离了。雨果夫人从马赛到科西嘉，从科西嘉到易北河岛（Elbe），从易北河到意大利，到西班牙，转辗跟从着丈夫，想使他回心转意，责备他忘恩负义，可是一切的努力，只是加深了夫妇间的裂痕。

父亲一向只欢喜长子阿贝尔，两个小兄弟，欧仁和维克托，从小就难得见到父亲，直到一八二一年母亲死后，父亲才渐渐注意到两个孤儿，也在这时候，维克托发现了他父亲的“伟大处”，才感觉到这个硕果仅存的老军人，带着多少史诗的神秘性和英雄气息。但在母亲生存的时期，幼弱的儿童所受到父亲的影响，只有生活的悲苦，从一八一五年起，雨果将军差不多是退伍了，收入既减少，供给妻子的生活费也就断绝了：母亲和两个小儿子的衣食须得自己设法。幼年所受到的人生的磨难，数十年后便反映在《悲惨世界》（*Les Misérables*）里。维克托·雨果描写玛里于斯·蓬曼西（Marius Pontmercy）从小远离着父亲的生活：父亲是拿破仑部下的一个大佐，早年丧妻，远游在外，又因迫于穷困，把儿子玛里于斯寄养在有钱的外祖家。这是一个保王党的家庭，周围的人对于拿破仑的名

字都怀着敌意，因为父亲是革命军人，故孩子亦觉得到处受人歧视："终于他想起父亲时，心中充满着羞惭悲痛……一年只有两次，元旦日和圣乔治节（那是父亲的命名纪念日），他写信给父亲，措辞却是他的姨母读出来教他录写的……他确信父亲不爱他，故他亦不爱父亲……"这段叙述，只要把圣乔治节换做圣莱沃博节，把姨母换做母亲，便是维克托·雨果自己的历史了。如玛里于斯一般，维克托想着不为父亲所爱而难过。见到自己的母亲活守寡般的痛苦，孤身为了一家生活而奋斗，因了母亲的受难，觉得自己亦在受难，这种思想对于幼弱的心灵是何等残酷！雨果早岁的严肃，在少年作品中表现的悲愁，便可在此得到解释。他在一八三一年（二十九岁）刊行的《秋叶》（*Feuilles d'Automne*）诗集中颇有述及他苦难的童年的句子，例如：

*Maintenant, jeune encore et souvent éprouvé,*
*J'ai plus d'unl souvenir profondément gravé,*
*Et l'on peut distinguer bien des choses passées,*
*Dans ces plis de mon front que creusent mes pensées.*

（大意）

年少磨难多，回忆心头锁，

额上皱痕中，往事曷胜数。

父亲赐予儿童的，除了早岁便识得人生悲苦以外，还有是长途的旅行，当后来雨果逃亡异国的时候，他的夫人根据他的口述写下那部《一个伴侣口中的维克托·雨果》（*Victor Hugo raconté par un témoin de sa vie*），其中便有多少童年的回忆，尤其是关于一八一一年维克托九岁时远游西班牙的记录，无异是一首儿童的史诗。

一八一一年三月十日，他们从巴黎出发，但旅行的计划在数星期前已经决定了；三个孩子也不耐烦地等了好久了，老是翻阅那部西班牙文法，把大木箱关了又开，开了又关。终于动身了，雨果夫人租一辆大车，装满了箱笼行李，车内坐着母亲，长子阿贝尔，男仆一名，女仆一名。两个幼子虽然亦有他们的位置，却宁愿蹲在外面看野景。他们经过法国南部的各大名城，布卢瓦（Blois），图尔（Tours），博蒂埃（Poitiers）。昂古莱姆（Angoulême）的两座古塔的印象一直留在雨果的脑海里，到六十岁的时候，还能清清楚楚的凭空描绘下来。至于那西部的大商埠

波尔多（Bordeaux），他只记得那些巨大无比的沙田鱼和比蛋糕还有味的面包。每天晚上，他们随便在乡村旅店中寄宿。多少日子以后，到达西南边省的首府巴约纳（Bayonne）。从此过去，得由雨果将军调派的一队卫兵护送的了，可是卫兵来迟了，不得不在城里老等。等待，可也有它的乐趣，巴约纳有座戏院，雨果夫人去买了长期票。第一个晚上，孩子们真是快乐得无以形容："那晚上演的剧，叫做《巴比仑的遗迹》，是一出美好的小品歌剧……可喜第二晚仍是演的同样的戏！再来一遍，正好细细玩味……第三天仍旧是《巴比仑的遗迹》，这未免过分，他们已全盘看熟了；但他们依旧规规矩矩静听着……第四天戏目没有换，他们注意到青年男女在台下喁喁做情话。第五天，他们承认太长了些；第六天，第一幕没有完，他们已睡熟了；第七天，他们获得了母亲的同意不再去了。"

对于维克托，时间究竟过得很快；因为他们寄住的寡妇家里，有一个比他年纪较长的女孩，大约是十四五岁，在他眼里，已经是少女了。他离不开她：终日坐在她身旁听她讲述美妙的故事，但他并不真心的听，他呆呆地望着她，她回过头来，他脸红了。这是诗人第一次的动情……一八四三年，他写 *Lise* 一诗，有言：

*Jeunes amours si vite épanouies,*

*Vous êtes l'aube et le matin du coeur,*

*Charmez nos coeurs, extases inouîes,*

*Et quand le soir vient avec la douleur,*

*Charmez encor nos âmes éblouies,*

*Jeunes amours si vite évanouies!*

（大意）

转瞬即逝的童年爱恋，

无异心的平旦与晨曦，

抚慰我们的心灵吧，恍惚依稀，

即是痛苦与黄昏同降，

仍来安抚我们迷乱的魂灵，

啊，转瞬即逝的童年爱恋！

三月过去了，卫兵到了，全家往西班牙京城进发。

这是雨果将军一生最得意的时代，他把最爱的长子阿贝尔送入王宫，当了西班牙王何塞（Joseph）的侍卫。欧仁和维克托被送入一所贵族学校。那里的课程幼稚得可怜，弟兄俩在一星期中从七年级直跳到修辞班。那些当地的同学都是

西班牙贵族的子弟，他们都怀恨战胜的法国人。雨果兄弟时常和他们打架，欧仁的鼻子被他们用剪刀戳伤了，维克托觉得很厌烦，忧忧郁郁的病倒了。母亲来看他，抚慰他。有一天，他在膳厅里和贝那王德侯爵夫人的四个孩子一起玩耍时，忽然看见一个穿着绣花袍子的妇人高傲地走进来，严肃地伸手给四个孩子亲吻，依着年龄长幼的次序。维克托看到这种情景，益发觉得自己的母亲是如何温柔如何真切了。日子一天一天的过去，法国人在西班牙的势力一天一天的瓦解了。雨果一家人启程回国，孩子们的归途上和出发时一样高兴。

这些经过不独在雨果老年时还能历历如绘般讲述出来，且在他的许多诗篇（如 *Orientales*）许多剧本（如 *Hernani*，*Ruy Blas*）中，留下西班牙的鲜艳明快的风光和强悍而英武的人物。东方的憧憬，原是浪漫派感应之一，而东方色彩极浓厚的西班牙景色，却在这位巨匠的童稚的心中早已种下了根苗。

## 二、 母亲

凡是世间做了母亲的女子，至少可以分成二类：一是母性掩蔽不了取悦男子的本能的女子，虽然生男育女，依旧卖

弄风情，要博取丈夫的欢心；一是有了孩子之后什么都不理会的女子，她们觉得自己的使命与幸福，只在于抚育儿女，爱护儿女。

维克托·雨果的母亲便是这后一类的女子，不消说，这是一个贤母，可是她为了孩子，不知不觉的把丈夫的爱情牺牲了。

关于她的出身，我们知道得很少。索菲·特雷比谢于一七七二年生于法国西部海口南特（Nantes）。她的父亲从水手出身做到船长，在她十一岁上便死了，她的母亲却更早死三年，故她自幼即由姑母罗班（Robin）教养。姑母家道寒素，由此使她学得了俭省。姑母最爱读书观剧，使她感染了文学趣味。嫁给雨果将军的最初几年，可说是她一生最幸福的岁月，我们在上文已提及。但自一八〇三年起，丈夫便和她分居了，他亦难得有钱寄给她，只有在一八〇七到一八一二年中间，因为雨果将军在意大利西班牙很有权势，故陆续供给她相当的生活费。一八〇七年，她收到全年的费用三千法郎，一八〇八年增至四千法郎，一八一二年竟二千法郎。但一八〇五年时她每月只有一百五十法郎，一八一二年十月到一八一三年九月之间也只收到二千五百法郎，从此

直到一八一八年分居诉讼结束时，她的生活费几乎是分文无着。但这最艰苦的几年，亦是她一生最快乐的几年。她自己操作，自己下厨房，省下钱来充两个小儿子的教育费。但她受着他们热烈的爱戴，弟兄俩早岁已露头角，使她感到安慰，感到骄傲。对于一个可怜的弃妇，还有比这更美满的幸福么！

她的性格，也许缺少柔性，夫妇间的不睦，也许并非全是将军的过错，也许她不是一个怎样的贤妻，但她整个心身都交给孩子了。从一八〇三年为了丈夫的前程单身到巴黎勾留了九个月回来以后，她从没有离开孩子。虽然经济很拮据，她可永远不让孩子短少什么，在巴黎所找的住处，总是为了他们的健康与快乐着想。

她是一个思想自由，意志坚强的女子，尽管温柔地爱着儿子，可亦保持着严厉的纪律。在可能范围内，她避免伤害儿童的本能与天性，她让他们尽量游戏，在田野中奔跑，或对着大自然出神。但她亦限制他们的自由，教他们整饬有序，教他们勤奋努力；不但要他们尊敬她，还要他们尊敬不在目前的父亲，这是有维克托兄弟俩写给将军的信可以证明的。她老早送他入学，维克托七岁时已能讲解拉丁

诗人的名作。他十一二岁时，母亲让他随便看书，亦毫不加限制，她认为对于健全的人一切都是无害的。她每天和他们长时间的谈话，在谈话中她开发他们的智慧，磨炼他们的感觉。

不久，父母间的争执影响到儿童了。雨果将军以为他们站在母亲一边和他作对；为报复起见，他于一八一四年勒令把欧仁和维克托送入 Decotte et Cordier 寄宿舍，同时到路易中学（Lycée Louis le Grand）上课。他禁止两个儿子和母亲见面，把看护之责付托给一个不相干的姑母。母子间的信札，孩子的零用亦都经过她的手。这种行为自然使小弟兄俩非常愤懑，他们觉得这不但是桎梏他们，且是侮辱他们的母亲。他们偷偷和母亲见面，写信给父亲抗议，诉说姑母从中舞弊，吞没他们的零用钱。一八一八年分居诉讼的结果，把两个儿子的教养责任判给了母亲，恰巧他们的学业也修满了，便高高兴兴离开了寄宿舍重新回到慈母的怀抱里。维克托表面上是在大学法科注册，实际已开始过着著作家生活。雨果将军原要他进理科，进国立多艺学校（Ecole Polytechnique），维克托还是仗着母亲回护之力，方能实现他自己的愿望。

知子莫若母，她的目力毕竟不错。十五岁，维克托获得

法兰西学院（Académie Française）的诗词奖；十七岁，又和于也纳创办了一种杂志，叫做Le Conservateur Littéraire；一八二三年，二十一岁时，又加入Muse Française杂志社。未来的文坛已在此时奠下了最初的基础，因为缪塞，维尼，拉马丁辈都和这份杂志发生关系，虽然刊物存在的时间很短，无形中却已构成了坚固的文学集团（Cénacle）。

像这样的一位慈母，雨果自幼受着她的温柔的爱护，刚柔并济的教育，相依为命的直到成年，成名，自无怪这位诗人在一生永远纪念着她，屡次在诗歌中讴歌她，颂赞她，使她不朽了。

## 三、弗伊朗坦斯

现在我们得讲述维克托·雨果少年时代最亲切的一个时期。

治法国文学的人，都知道在十八九世纪的法国文学史上有三座著名的古屋。第一是夏多布里昂（Chateaubriand）的孔布（Combourg）古堡：北方阴沉的天色，郁郁苍苍的丛林，荒凉寂寞的池塘环绕着两座高矗的圆塔，这是夏多

布里昂童时幻想出神之处，这凄凉忧郁的情调确定了夏氏全部作品的倾向。第二是拉马丁（Lamartine）在米里（Milly）的住处，这是在法国最习见的乡间的房屋，一座四方形的二层楼，墙上满是葡萄藤，前面是一个小院落，后面是一个小园，一半种菜一半莳花，远景是两座山头。这是拉马丁梦魂萦绕的故乡，虽然他并不在那里诞生，可是他的心“永远留在那边”。

夏多布里昂和拉马丁的古屋至今还很完好，有机会旅行的人，从法国南方到北方，十余小时火车的途程，便可到前述的两处去巡礼。至于第三处的旧居，却只存在于雨果的回忆与诗歌中了。那是巴黎的一座女修道院，名字铿锵可诵，叫做Feuillantines，建于一六二二至一六二三年间，到十八世纪的末叶大革命的时候，修道院解散了，雨果夫人领着三个儿子于一八〇九年迁入的辰光，园林已经荒芜了十七年。

一八〇九年，雨果母亲和他们从意大利回到巴黎，住在Rue du faubourg St-Jacques二五〇号。母亲天天在街上跑，想找一所有花园的屋子，使孩子们得以奔驰游散。一天，母亲从外面回来，高兴地喊道：“我找到了！”翌日，

她便领着孩子们去看新居，就在同一条街上，只有几十步路，一条小街底上，推开两扇铁门，走过一个大院落，便是正屋，屋子后面是座花园，二百米长，六十米宽。园子里长满了高高矮矮的丛树和野草，孩子们无心细看正屋里的客厅卧室，只欣喜欲狂地往园里跑，他们计算着刈除蔓草，计算着在大树的枝桠上悬挂秋千。这是他们的新天地啊。

从此他们便迁居在这座几百年的古屋中。维克托和兄长们，除了每天极少时间必得用功读书之外，便可自由在园子里嬉游。他们在那里奔驰，跳跃，看书，讲故事。周围很静穆，什么喧闹都没有，只听见风在树间掠过的声音，小鸟啼唱的声音。仰首只是浮云，一片无垠的青天，虽然巴黎天色常多阴暗，可亦有晨曦的光芒，灿烂的晚霞夕照。一八一一年他们到西班牙去了，回来依旧住在这里。四年的光阴便在这乐园似的古修院中度过了，虽然四年不能算长久，对于诗人心灵的启发和感应也已可惊了。在雨果一生的作品里，随处可以见出此种痕迹。一八一五年十六岁时，他在《别了童年》（*Adieux àlénfance*）一诗中已追念那弗伊朗坦斯（Feuillantines）的幸福的儿时。

## 四、 学业

虽然雨果是那么的自由教养的，他的母亲对于他的学业始终很关心，很严厉。在出发到意大利之前，他们住在 Rue de Clichy， 那时孩子每天到 Mont Blanc 街上的一个小学校去消磨几小时。只有四五岁，他到学校去当然不是真正为了读书，而是和若干年纪同他相仿的孩子玩耍。雨果在老年时对于这时代的回忆，只是他每天在老师的女儿，罗思小姐的房里——有时竟在她的床上——消磨一个上午。有一次学校里演戏用一顶帷幕把课室分隔起来。罗思小姐扮女主角，而他因为年纪最小的缘故，扮演戏中的小孩。人家替他穿着一件羊皮短褂，手里拿着一把铁钳。他一些也不懂是怎么一回事，只觉得演剧时间冗长乏味，他把铁钳轻轻地插到罗思小姐两腿中间去，以至在剧中最悲怆的一段，台下的观众听见女主角和她的儿子说：“你停止不停止，小坏蛋！”

到十二岁为止，他真正的老师是一个叫做特·拉·里维埃（De la Riviére ）的神甫。这是一个奇怪好玩的人物，因为大革命推翻了一切，他吓得把黑袍脱下了还不够，为证明他从此不复传道起见，他并结了婚，和他一生所熟识的

唯一的女子——他以前的女佣结了婚。夫妇之间却也十分和睦，帝政时代，他俩在St.Jacques路设了一所小学校，学生大半是工人阶级的子弟，学校里一切都像旧式的私塾，什么事情都由夫妇合作。上课了，妻子进来，端着一杯咖啡牛奶放在丈夫的面前，从他手里接过他正在诵读的默书底稿（dictée）代他接念下去，让丈夫安心用早餐。一八〇八至一八一一年间，维克托一直在这学校里；一八一二年春从西班牙回来后，却由里维埃到弗伊朗坦斯来教他兄弟两人。

思想虽是守旧，里氏的学问倒很有根基。他熟读路易十四时代的名著，诗也作得不错，很规矩，很叶韵，自然很平凡。他懂得希腊文亦懂得拉丁文。维克托从那里窥见了异教的神话，懂得了鉴赏古罗马诗人。这于雨果将来灵智的形成，自有极大的帮助。

法国文学一向极少感受北方的影响，英德两国的文艺是法国作家不十分亲近的，拉丁思想才是他们汲取不尽的精神宝库。雨果是拉丁文学的最光辉的承继人，他幼年的诗稿，即有此种聪明的倾向。他崇拜维尔吉尔（Virgile），一八三七年时他在《内心的呼声》（*Les Voix Intérieures*）中

写道：“噢，维尔吉尔！噢，诗人！噢，我的神明般的老师！”他不但在古诗人那里学得运用十二缀音格（alexandrin），学习种种作诗的技巧，用声音表达情操的艺术，他尤其爱好诗中古老的传说。希腊寓言，罗马帝国时代伟大的气魄，苍茫浑朴的自然界描写；高山大海，丛林花木，晨曦夕照，星光日夜的吟咏；田园劳作，农事苦役的讴歌。一切动物，从狮虎到蜜蜂，一切植物，从大树到一花一草，无不经过这位古诗人的讽咏赞叹，而深深地印入近代文坛宗师的童年的脑海里。

一八一四年九月，雨果兄弟进了寄宿舍，一切都改变了。这是一座监狱式的阴沉的房子，如那时代的一切中学校舍一样，维克托虽比欧仁小二岁，但弟兄俩同在一级。普通的功课在寄宿舍听讲，数学与哲学则到路易中学上课。一八一六年他写信给父亲，叙述他一天的工作状况，说：“我们从早上八时起上课，直到下午五时，八时至十时半是数学课，课后是吉亚尔教授为少数学生补习，我亦被邀在内。下午一时至二时，有每星期三次的图书课；二时起，到路易中学上哲学，五时回到宿舍。六时至十时，我们或是听德科特先生的数学课，或是做当天的练习题。”

实际说来，六时至十时这四小时，未必是自修。维克托也很会玩，兄弟俩常和同学演戏，各有各的团体，各做各的领袖。但他毕竟很用功，四年终了，大会考中，获得了数学的第五名奖。

一八一七年他十五岁时，入选法兰西学士院的诗词竞赛，他应征的诗是三百五十句的十二缀音格，一共是三首，合一千零五十句。一个星期四的下午，寄宿舍的学生循例出外散步，维克托请求监护的先生特地绕道学士院，当别的同学在门外广场上游散时，他一直跑进学士院，缴了应征的诗卷，数星期后，长兄阿贝尔从外面回来感动地说："你入选了！"学士院中的常任秘书雷努阿尔（Raynouard）并在大会中把他的诗朗诵了一段，说："作者在诗中自言只有十五岁，如果他真是只有十五岁……"接着又恭维了一番。以后，雷努阿尔写信给维克托，说很愿认识他。学士院院长纳沙托（Neufchâteau）回忆起他十三岁时亦曾得到学士院的奖，当时服尔德（Voltaire）曾赞美他，期许他做他的承继人，此刻他亦想做什么人的服尔德了；他答应接见维克托，请他吃饭。于是，各报都谈论起这位少年诗人，雨果立地成名了。两年以后，他又获得外省学会的 Jeux Floraux 奖。

## 五、 罗曼斯

雨果的母族特雷比谢，在故乡有一家世交，姓福希（Foucher），在雨果大佐结婚之前，福希先生已和雨果交往频繁，他们在巴黎军事参议会中原是同事。雨果婚后不久，福希也结了婚。在婚筵上，雨果大佐举杯祝道："愿你生一个女儿，我生一个儿子，将来我们结为亲家。"

维克托生后一年，福希果然生了一个女儿，取名阿代勒（Adèle）。一八〇九至一八一一年间，在雨果夫人住在弗伊朗坦斯的时候，两家来往颇密，福希夫人带着六岁的阿代勒来看他们。大人在室内谈话，小孩便在园中游戏。他们一同跳跃奔驰，荡秋千，有时也吵架，阿代勒在母亲前面哭诉，说维克托把她推跌了，或是抢了她的玩具。可是未来的热情，已在这儿童争吵中渐渐萌芽。

一八一二年雨果一家往西班牙去了一次回来，仍住在弗伊朗坦斯。福希夫人挈着阿代勒继续来看他们，但此时的维克托已经不同了，罢伊翁的女郎，在讲述美好的故事给他听的时候，已经使他模模糊糊的懂得鉴赏女性的美，感受女性魅力。他不复和阿代勒打架了。两人之间开始蕴藉着温存的

友谊和雏形的爱恋。当雨果晚年回忆起这段初恋的情形时曾经说过：

我们的母亲教我们一起去奔跑嬉戏；我们便到园里散步……

“坐在这里吧。”她和我说。天还很早，“我们来念点什么吧。你有书么？”

我袋里正藏着一本游记，随便翻出一面，我们一起朗诵；我靠近着她，她的肩头倚着我的肩头……

慢慢地，我们的头挨近了，我们的头发飘在一处，我们互相听到呼吸的声音，突然，我们的口唇接合了……

当我们想继续念书时，天上已闪耀着星光。

“喔！妈妈妈妈，”她进去时说，“你知道我们跑的多起劲！”

我，一声不响。

“你一句话也不说，”母亲和我说，“你好像很悲哀。”

“可是我的心在天堂中呢！”

寄宿舍的四年岁月把他们两小无猜的幸福打断了，然而他们并未相忘。雨果的学业终了时，正住在 Petits-Augustins 街十八号，福希先生一家住在 Cherche-Midi 街，两家距离不

远。每天晚上，雨果夫人领了两个儿子，携了针凿袋去看她的老友福希夫人。孩子在前，母亲在后，他们进到福希的卧室，房间很大，兼作客厅之用。福希先生坐在一角，在看书或读报，福希夫人和女儿阿代勒在旁边织绒线。一双大安乐椅摆在壁炉架前，等待着每晚必到的来客。全屋子只点着一支蜡烛，在黝暗的光线下，雨果夫人静静地做着活计。福希先生办完了一天的公事，懒得开口，他的夫人生性很沉默，主客之间，除了进门时的日安，出门时的晚安以外，难得交换别的谈话。在这枯索乏味，冗长单调的黄昏，维克托却不觉得厌倦，他幽幽地坐在椅子上尽量看着阿代勒。

有一次——那是一八一九年四月二十六日，阿代勒大胆地要求维克托说出他心中的秘密，答应他亦把她的秘密告诉他。结果是两人的隐秘完全相同，读者也明白他们是相爱了。但他只有十七岁，她十六岁，要谈到结婚自然太早。他们必得隐瞒着，知道他们的父母一旦发觉了，会把他们分开。从此他们格外留神，偷偷地望几眼，交换一二句心腹话。阿代勒很忠厚，也很信宗教，觉得欺瞒父母是一件罪过，一方面又恐扮演这种喜剧会使维克托瞧她不起。一年之中，维克托只请求十二次亲吻，把一首赠诗作交换品，她在答应的十二次中只给了他四次，心中还怀着内疚。

虽然雨果夫人那么精细，毕竟被儿子骗过了；阿代勒没有维克托巧妙，终于使她的母亲起了疑窦。一经盘诘，什么都招供了。

一八二〇年四月二十六日，恰巧是他们倾诉秘密后的周年纪念日，福希夫妇同到雨果家里来和雨果夫人讲明了。如一切母亲一样突然发现自己的孩子成了人，未免觉得骇异。雨果夫人更是抱有很大的野心，确信维克托的前程定是光荣灿烂的，满望要替他找一个优秀的妻子，配得上这头角峥嵘的儿子的媳妇。阿代勒，这平凡的女孩，公务员的女儿，维克托爱她，热情地爱她！不，不，这是不可能的。这是要不得的。虽然她和福希夫妇是多年老友，她亦不能隐蔽这种情操。他们决裂了，大家同意从此不复相见，把维克托叫来当场宣布了。他，当着客人前面表示很顺从，一切都忍耐着，但一待他和母亲一起时，他哭了。他爱母亲，不愿拂逆她的意志，可亦爱他的阿代勒，永远不愿分离：他不知如何是好，尽自流泪。

隔离了一年，他担心阿代勒的命运，他不知道福希夫妇曾想强把她出嫁，但他猜到会有这样的事。偶巧福希先生发表了一篇关于征兵问题的文字，机会来了，年轻的雨果运用

手段，在他自办的 *Le Conservateur Littéraire* 杂志上面写了一篇评论，着实恭维了一番。他没有忘记福希曾订阅他的刊物，他发表了多少的情诗和剧本，表白他矢志不再爱别的女子，自然，这是预备给阿代勒通消息，保证他的忠诚的。他又探听得阿代勒一星期数次到某处去学绘画，他候在路上，有机会遇到时便偷偷交谈几句，递一封信。

一八二一年六月，雨果夫人突然病故。在维克托与阿代勒中间，她是唯一的障碍，她坚持反对这件婚事。现在她死了，障碍去了，可是维克托依旧哀毁逾恒：母亲是他一生最敬爱的人，最可靠的保护者。葬礼完了，欧仁发疯似的出门去了，父亲住在布卢瓦，一时不来理睬他们。他们是孤儿。其间，虽然福希先生曾来看过他们，唁慰他们，但为了尊重死者生前的意志之故，他并未和维克托提起阿代勒。

同年七月，终竟和福希夫妇见了面，正式谈判他的婚事。福希先生答应他可以看阿代勒，但必须当了母亲的面。他们的订婚，也只能在维克托力能自给时方为正式成立。

这是第一步胜利，他从此埋头工作，加倍热心，加倍勤奋。这是他的英雄式的奋斗时期。他经济来源既很枯竭，卖得的

稿费又用作购办订婚的信物，他只有尽力节省。他自己煮饭，一块羊肉得吃三天：第一天吃瘦的部分，第二天吃肥的部分，第三天啃骨头。

一八二二年六月，他的《颂歌集》（*Odes*）出版了，路易十八答应赐他一千二百法郎的年俸，在当时，这个数目，刚好维持一夫一妻的生活，福希先生因此还要留难。加以部里领俸手续又很麻烦，不知怎样，数目又减到一千法郎。九月杪，福希夫人又生了第二个女儿，还要等待……小女儿的洗礼举行过了，雨果与阿代勒，经过了多年的相恋，多少的磨难周折，终于同年十月十二日在巴黎 St.Sulpice 教堂中结合了。拉马丁和当时知名的青年作家都在场参与。

雨果的罗曼斯实现为完满的婚姻以后，我们可以展望到诗人未来的荣光，将随 *Cromwell* 剧的序言，*Hemani* 的诞生而逐渐肯定，但他少年时代的历史既已告一段落，本文便以下列的参考书目作为结束。

【研究雨果少年时代的主要参考书目】

一　*Victor Hugo raconté par un témoin de sa vie.*

二　*Oeuvres de Victor Hugo*（*édition Gustave Simon*）.

三　*L'Enfance de V.Hugo，par G.Simon.*

四　*Le Général Hugo，　par G.Simon*

五　*V.Hugo et son père le Général Hugo à Blois，V.Hugo à la pension De Cotte et Cordier，par P.Dufay.*

六　*V.Hugo à Vingt ans，　par P.Dufay.*

七　*Bio-bibliographie de V.Hugo，par l'Abbé P. Dubois.*

八　*La Jeunesse de Victor Hugo，par A.Le Breton.*

一九三五年九月七日于上海

# 独一无二的艺术家莫扎特

本文原载《文艺报》一九五六年第十四期。

在整部艺术史上，不仅仅在音乐史上，莫扎特是独一无二的人物。

他的早慧是独一无二的。

四岁学钢琴，不久就开始作曲；就是说他写音乐比写字还早。五岁那年，一天下午，父亲利奥波德带了一个小提琴和一个吹小号的朋友回来，预备练习六支三重奏。孩子挟着他儿童用的小提琴要求加入。父亲呵斥道："学都没学过，怎么来胡闹！"孩子哭了。吹小号的朋友过意不去，替他求情，说让他在自己身边拉吧，好在他音响不大，听不见的。父亲还咕噜着说："要是听见你的琴声，就得赶出去。"孩子坐下来拉了，吹小号的乐师慢慢地停止了吹奏，流着

惊讶和赞叹的眼泪；孩子把六支三重奏从头至尾都很完整地拉完了。

八岁，他写了第一支交响乐；十岁写了第一出歌剧。十四至十六岁之间，在歌剧的发源地意大利（别忘了他是奥地利人），写了三出意大利歌剧在米兰上演，按照当时的习惯，由他指挥乐队。十岁以前，他在日耳曼十几个小邦的首府和维也纳、巴黎、伦敦各大都市做巡回演出，轰动全欧。有些听众还以为他神妙的演奏有魔术帮忙，要他脱下手上的戒指。

正如他没有学过小提琴而就能参加三重奏一样，他写意大利歌剧也差不多是无师自通的。童年时代常在中欧西欧各地旅行，孩子的观摩与听的机会多于正规学习的机会，所以莫扎特的领悟与感受的能力，吸收与消化的迅速，是近乎不可思议的。我们古人有句话，说："小时了了，大未必佳"；欧洲人也认为早慧的儿童长大了很少有真正伟大的成就。的确，古今中外，有的是神童；但神童而卓然成家的并不多，而像莫扎特这样出类拔萃、这样早熟的天才而终于成为不朽的大师，为艺术界放出万丈光芒的，至此为止还没有第二个例子。

他的创作数量的巨大，品种的繁多，质地的卓越，是独一无二的。

巴赫、韩德尔、海顿，都是多产的作家；但韩德尔与海顿都活到七十以上的高年，巴赫也有六十五岁的寿命；莫扎特却在三十五年的生涯中完成了大小六二二件作品，还有一三二件未完成的遗作，总数是七五四件。举其大者而言，歌剧有二十二出，单独的歌曲、咏叹调与合唱曲六十七支，交响乐四十九支，钢琴协奏曲二十九支，小提琴协奏曲十三支，其他乐器的协奏曲十二支，钢琴奏鸣曲及幻想曲二十二支，小提琴奏鸣曲及变奏曲四十五支，大风琴曲十七支，三重奏四重奏五重奏四十七支。没有一种体裁没有他登峰造极的作品，没有一种乐器没有他的经典文献，在一百七十年后的今天，还像灿烂的明星一般照耀着乐坛。在音乐方面这样全能，乐剧与其他器乐的制作都有这样高的成就，毫无疑问是绝无仅有的。莫扎特的音乐灵感简直是一个取之不竭、用之不尽的水源，随时随地都有甘泉飞涌，飞涌的方式又那么自然，安详，轻快，妩媚。没有一个作曲家的音乐比莫扎特的更近于“天籁”了。

融合拉丁精神与日耳曼精神，吸收最优秀的外国传统而

加以丰富与提高，为民族艺术形式开创新路而树立几座光辉的纪念碑，在这些方面，莫扎特又是独一无二的。

文艺复兴以后的两个世纪中，欧洲除了格鲁克为法国歌剧辟出一个途径以外，只有意大利歌剧是正宗的歌剧。莫扎特却做了双重的贡献：他既凭着客观的精神，细腻的写实手腕，刻画性格的高度技巧，创造了《费加罗的婚礼》与《唐·璜》，使意大利歌剧达到空前绝后的高峰[①]，又以《后宫诱逃》与《魔笛》两件杰作为德国歌剧奠定了基础，预告了贝多芬的《菲岱里奥》、韦伯的《自由射手》和瓦格纳的《歌唱大师》。

他在一七八三年的书信中说："我更倾向于德国歌剧：虽然写德国歌剧需要我费更多气力，我还是更喜欢它。每个民族有它的歌剧；为什么我们德国人就没有呢？难道德文不像法文英文那么容易唱吗？"一七八五年他又写道："我们德国人应当有德国式的思想，德国式的说话，德国式的演奏，德国式的歌唱。"所谓德国式的歌唱，特别是在音乐方面的德国式的思想，究竟是指什么呢？据法国音乐学者加米

---

① 瓦格纳提到莫扎特时就说过："意大利歌剧倒是由一个德国人提高到理想的完满之境的。"

叶·裴拉格的解释："在《后宫诱逃》中[①]，男主角倍尔蒙唱的某些咏叹调，就是第一次充分运用了德国人谈情说爱的语言。同一歌剧中奥斯门的唱词，轻快的节奏与小调（mode mineure）的混合运用，富于幻梦情调而甚至带点凄凉的柔情，和笑盈盈的天真的诙谐的交错，不是纯粹德国式的音乐思想吗？"[②]

和意大利人的思想相比，德国人的思想也许没有那么多光彩，可是更有深度，还有一些更亲切更通俗的意味。在纯粹音响的领域内，德国式的旋律不及意大利的流畅，但更复杂更丰富，更需要和声（以歌唱而言是乐队）的衬托。以乐思本身而论，德国艺术不求意大利艺术的整齐的美，而是逐渐以思想的自由发展，代替形式的对称与周期性的重复。这些特征在莫扎特的《魔笛》中都已经有端倪可寻。

交响乐在音乐艺术里是典型的日耳曼品种。虽然一般人称海顿为交响乐之父，但海顿晚年的作品深受莫扎特的影响；而莫扎特的降 E 大调、g 小调、C 大调（朱庇特）交响曲，至今还比海顿的那组《伦敦交响曲》更接近我们。而在交响

① 《后宫诱逃》的译名与内容不符，兹为从俗起见，袭用此名。
② 见裴拉格著：《莫扎特》，巴黎一九二七年版。

乐中，莫扎特也同样完满地冶拉丁精神（明朗、轻快、典雅）与日耳曼精神（复杂、谨严、深思、幻想）于一炉。正因为民族精神的觉醒和对于世界性艺术的领会，在莫扎特心中同时并存，互相攻错，互相丰富，他才成为音乐史上承前启后的巨匠。以现代辞藻来说，在音乐领域之内，莫扎特早就结合了国际主义与爱国主义，虽是不自觉的结合，但确是最和谐最美妙的结合。当然，在这一点上，尤其在追求清明恬静的境界上，我们没有忘记伟大的歌德；但歌德是经过了六十年的苦思冥索（以《浮士德》的著作年代计算），经过了狂飙运动和骚动的青年时期而后获得的；莫扎特却是自然而然的，不需要做任何主观的努力，就达到了拉斐尔的境界，以及古希腊的雕塑家菲狄阿斯的境界。

莫扎特所以成为独一无二的人物，还由于这种清明高远、乐天愉快的心情，是在残酷的命运不断摧残之下保留下来的。

大家都熟知贝多芬的悲剧而寄以极大的同情；关心莫扎特的苦难的，便是音乐界中也为数不多。因为贝多芬的音乐几乎每页都是与命运肉搏的历史，他的英勇与顽强对每个人都是直接的鼓励；莫扎特却是不声不响的忍受鞭挞，只凭着坚定的信仰，像殉道的使徒一般唱着温馨甘美的乐句安慰自

己，安慰别人。虽然他的书信中常有怨叹，也不比普通人对生活的怨叹有什么更尖锐更沉痛的口吻。可是他的一生，除了童年时期饱受宠爱，像个美丽的花炮以外，比贝多芬的只有更艰苦。《费加罗的婚礼》与《唐·璜》在布拉格所博得的荣名，并没给他任何物质的保障。两次受雇于萨尔茨堡的两任大主教，结果受了一顿辱骂，被人连推带踢地逐出宫廷。从二十五到三十一岁，六年中间没有固定的收入。他热爱维也纳，维也纳只报以冷淡、轻视、嫉妒；音乐界还用种种卑鄙的手段打击他几出最优秀的歌剧的演出。一七八七年，奥皇约瑟夫终于任命他为宫廷作曲家，年俸还不够他付房租和仆役的工资。

为了婚姻，他和最敬爱的父亲几乎决裂，至死没有完全恢复感情。而婚后的生活又是无穷无尽的烦恼：九年之中搬了十二次家；生了六个孩子，夭殇了四个。公斯当斯·韦柏产前产后老是闹病，需要名贵的药品，需要到巴登温泉去疗养。分娩以前要准备迎接婴儿，接着又往往要准备埋葬。当铺是莫扎特常去的地方，放高利贷的债主成为他唯一的救星。

在这样悲惨的生活中，莫扎特还是终身不断的创作。贫穷、疾病、妒忌、倾轧，日常生活中一切琐琐碎碎的困扰都

不能使他消沉；乐天的心情一丝一毫都没受到损害。所以他的作品从来不透露他的痛苦的消息，非但没有愤怒与反抗的呼号，连挣扎的气息都找不到。后世的人单听他的音乐，万万想象不出他的遭遇而只能认识他的心灵——多么明智、多么高贵、多么纯洁的心灵！音乐史家都说莫扎特的作品所反映的不是他的生活，而是他的灵魂。是的，他从来不把艺术作为反抗的工具，作为受难的证人，而只借来表现他的忍耐与天使般的温柔。他自己得不到抚慰，却永远在抚慰别人。但最可欣幸的是他在现实生活中得不到的幸福，他能在精神上创造出来，甚至可以说他先天就获得了这幸福，所以他反复不已地传达给我们。精神的健康，理智与感情的平衡，不是幸福的先决条件吗？不是每个时代的人都渴望的吗？以不断的创造征服不断的苦难，以永远乐观的心情应付残酷的现实，不就是以光明消灭黑暗的具体实践吗？有了视患难如无物，超临于一切考验之上的积极的人生观，就有希望把艺术中美好的天地变为美好的现实。假如贝多芬给我们的是战斗的勇气，那末莫扎特给我们的是无限的信心。把他清明宁静的艺术和侘傺一世的生涯对比之下，我们更确信只有热爱生命才能克服忧患。莫扎特几次说过："人生多美啊！"这句话就是了解他艺术的钥匙，也是他所以成为这样伟大的主要因素。

虽然根据史实，莫扎特在言行与作品中并没表现出法国大革命以前的民主精神（他的反抗萨尔茨堡大主教只能证明他艺术家的傲骨），也谈不到人类大团结的理想，像贝多芬的《合唱交响曲》所表现的那样；但一切大艺术家都受时代的限制，同时也有不受时代限制的普遍性——人间性。莫扎特以他朴素天真的语调和温婉蕴藉的风格，所歌颂的和平、友爱、幸福的境界，正是全人类自始至终向往的最高目标，尤其是生在今日的我们所热烈争取，努力奋斗的目标。

因此，我们纪念莫扎特二百周年诞辰的意义决不止一个：不但他的绝世的才华与崇高的成就使我们景仰不止，他对德国歌剧的贡献值得我们创造民族音乐的人揣摩学习，他的朴实而又典雅的艺术值得我们深深的体会；而且他的永远乐观，始终积极的精神，对我们是个极大的鼓励；而他追求人类最高理想的人间性，更使我们和以后无数代的人民把他当做一个忠实的、亲爱的、永远给人安慰的朋友。

一九五六年七月十八日

# 萧邦的少年时代

本文及后文《萧邦的壮年时代》系作者为纪念萧邦诞辰，为上海市广播电台写的广播稿，均未以文字发表。

从十八世纪末期起，到二十世纪第一次大战为止，差不多一个半世纪，波兰民族都是在亡国的惨痛中过日子。一七七二年，波兰被俄罗斯、普鲁士、奥地利三大强国第一次瓜分；一七九三年，又受到第二次瓜分。一八〇七年，拿破仑把波兰改做一个“华沙公国”。一八一五年，拿破仑失败，波兰又被分做四个部分，最大的一部分受俄国沙皇的统治，这是弗雷德里克·萧邦出生前后的祖国的处境。

一八一〇年，贝多芬正在写他的《第十弦乐四重奏》和《告别奏鸣曲》，他已经发表了《第六交响曲》《热情奏鸣曲》《克勒策小提琴奏鸣曲》。一八一〇年，舒伯特十三岁；舒曼还差十个月没有出世；李斯特、瓦格纳都快要到世界上来了。一八一〇年，歌德还活着，拜伦才发表了他早期的诗歌；

雪莱刚刚在动笔；巴尔扎克、雨果、柏辽兹，正坐在小学校里的凳子上念书。而就在这一八一〇年，二月二十二日的下午六时，在华沙附近的乡下，一个叫做热拉佐瓦·沃拉——为方便起见，我们以下简称为沃拉——的村子里，弗雷德里克·萧邦诞生了。

一八八六年出版的一部萧邦传记，有一段描写沃拉的文字，说道："波兰的乡村大致都差不多。小小的树林，环抱着一座贵族的宫堡。谷仓和马房，围成一个四方的大院子；院子中央有几口井，姑娘们头上绕着红布，提着水桶到这儿来打水。大路两旁种着白杨，沿着白杨是一排草屋；然后是一片麦田，在太阳底下给微风吹起一阵阵金黄色的波浪。再远一点，田里一望无际的都是油菜、金花菜、紫云英，开着黄的、紫的小花。天边是黑压压的森林，远看只是一长条似蓝非蓝的影子——这便是沃拉的风光。"作者又说："离开宫堡不远，有一所小屋子，顶上盖着石板做的瓦片，门前有几级木头的阶梯。进门是一条黝黑的过道；左手是佣人们纺纱的屋子；右手三间是正房；屋顶很矮，伸手出去可以碰到天花板——这便是萧邦诞生的老家。"也就是现在的萧邦纪念馆，当然是修得更美丽了；它离开华沙五十四公里，每年都有从波兰各地来的以及从世界各

国来的游客和艺术家，到这儿来凭吊瞻仰。

弗雷德里克·萧邦的父亲叫做米科瓦伊·萧邦，是法国东北部的苏兰省人，一七八七年到华沙，先在一个法国人办的烟草工厂里当出纳员，后来改当教员，在波兰住下了；一八〇六年娶了一个波兰败落贵族的女儿，生了一个女孩子卢德维卡，第二个便是我们的音乐家，以后还生了两个女儿，伊扎贝拉和爱弥莉亚。萧邦一家人都很聪明，很有文艺修养。十一岁的爱弥莉亚和十四岁的弗雷德里克合作，写了一出喜剧，替父亲祝寿。长姐卢德维卡和妹妹伊扎贝拉，也写过儿童读物。弟兄姐妹还常在家里演戏。

一八一〇年十月，米科瓦伊·萧邦搬到华沙城里，除了在学校里教法文，还在家里办了一个学生寄宿舍。萧邦小时候性情温和，活泼，同时又像女孩子一般敏感。他只有两股热情：热爱母亲和热爱音乐。到了六岁，正式跟一个捷克籍的音乐家齐夫尼学琴。八岁，第一次出台演奏。十四岁，进了华沙中学，同时也换了一个音乐教师，叫做埃斯纳；他不但教钢琴，还教和声跟作曲。这个老师有个很大的功劳，就是绝对尊重萧邦的个性。他说：“假如萧邦越出规矩，不走从前人的老路，尽管由他去好了；因为

他有他自己的路。终有一天，他的作品会证明他的特点是前无古人的。他有的是与众不同的天赋，所以他自己就走着与众不同的路。”

一八二五年，萧邦十五岁，在华沙音乐院参加了两次演奏会，印出了一支《回旋曲》，这是他的作品第一号。十七岁中学毕业。到十八岁为止，他陆续完成的作品有：一支两架钢琴合奏的《回旋曲》，一支《波洛奈兹》，一支《奏鸣曲》，还有根据莫扎特的歌剧的曲调写的《变奏曲》。十九岁写了《e小调钢琴协奏曲》。二十岁写了《f小调钢琴协奏曲》，一支《圆舞曲》，几支《夜曲》和一部分《练习曲》。

少年时代的萧邦，是非常快乐、开朗、讨人喜欢的；天生的爱打趣、说笑话、作打油诗、模仿别人的态度动作。这个脾气他一直保持到最后，只要病魔不把他折磨得太厉害。但是快乐和欢谑，在萧邦身上是跟忧郁的心情轮流交替着。那是斯拉夫民族所独有的，一种莫名其妙的悲哀。他在乡下过假期的时候，一忽儿嘻嘻哈哈，拿现成的诗歌改头换面，作为游戏，一忽儿沉思默想的出神。他也跟乡下人混在一起，看民间的舞蹈，听民间的歌谣。这里头就包含着波兰民族独特的诗意，而萧邦就是这样一点一滴的、无形之中积聚这个

诗意的宝库，成为他全部创作的主要材料。

一位叫伏秦斯基的波兰作家曾经说过：“我们对诗歌的感觉完全是特殊的，和别的民族不同。我们的土地有一股安闲恬静的气息。我们的心灵可不受任何约束，只管逞着自己的意思，在广大的平原上飞奔跳跃；阴森可怖的岩石，明亮耀眼的天空，灼热的阳光，都不会引起我们心灵的变化。面对着大自然，我们不会感到太强烈的情绪，甚至也不完全注意大自然；所以我们的精神常常会转向别的方面，追问生命的神秘。因为这缘故，我们的诗歌才这样率直，这样不断地追求美，追求理想。我们的诗的力量，是在于单纯朴素，在于感情真实，在于它的永远崇高的目标，同时也在于奔放不羁的想象力。”这一段关于波兰诗歌的说明，正好拿来印证萧邦的作品。

萧邦与自然界的关系，他自己说过一句话：“我不是一个适合过乡间生活的人。”的确，他不像贝多芬和舒曼那样，在痛苦的时候会整天在山林之中散步、默想，寻求安慰。萧邦以后写的《玛祖卡》或《波洛奈兹》中间所描写的自然界，只限于童年的回忆和对波兰乡土的回忆，而且仿佛是一幅画的背景，作用是在于衬托主题，创造气氛。例如他的《升 F

调夜曲》（作品第十五号第二首），并不描写什么明确的境界，只是用流动的、灿烂的音响，给你一个黄昏的印象，充满着神秘气息。

伏秦斯基还有一段讲到风格的朴素的话，也可以帮助我们了解萧邦的艺术特色。他说："我们的风格是那样的朴素，好比清澈无比的水里的珍珠……这首先需要你有颗朴素和纯洁的心，一种富于诗意的想象力和细腻微妙的感觉。"

正如波兰的风景和波兰民族的灵魂一样，波兰的舞蹈也是一个重要的因素，促成萧邦的音乐风格。他不但接受了民间的玛祖卡舞、克拉可维克舞、波洛奈兹舞的节奏，并且他的旋律的线条也带着舞蹈的姿态，迂回曲折的形式，均衡对称的动作，使我们隐隐约约有舞蹈的感觉。但是步伐的缓慢，乐句的漫长，节奏跟和声方面的修饰，教人不觉得萧邦的音乐是真的舞蹈，而是带有一种理想的、神秘的哑剧意味。

可是波兰的民间舞蹈在萧邦的音乐中成为那么重要的因素，我们不能不加几句说明。玛祖卡原是一种集体与个人交错的舞蹈，伴奏的音乐还由跳舞的人用合唱表演，萧邦不但拿这个舞曲的节奏来尽量变化，还利用原来的合唱的观念，

在《玛祖卡》中插入抒情的段落。十八世纪的波兰舞的音乐，是庄重的、温和的，有些又像送葬的挽歌。后来的作者加入一种凄凉的柔情。到了萧邦，又充实了它的和声，使内容更动人，更适合于诉说亲切的感情；他大大的减少了集体舞蹈音乐的性质，只描写其中几个人物突出的面貌。另外一种古代波兰舞蹈叫做克拉可维克，是四分之二的拍子，重拍在第二拍上。萧邦的作品第十四号《回旋舞》和作品第十一号《e小调钢琴协奏曲》的第三乐章，都是利用这个节奏写的。

一八二八年，萧邦十八岁，到柏林旅行了一次。一九二九年到维也纳住了一个多月，开了两次音乐会，受到热烈的欢迎。报上谈论说：“他的触键微妙到极点，手法巧妙，层次的细腻反映出他感觉的敏锐，加上表情的明确，无疑是个天才的标记。”

十八岁去柏林以前，便写了以莫扎特的歌剧《唐·璜》中的歌词为根据的《变奏曲》。关于这个少年时代的作品，舒曼有一段很动人的叙述，他说：“前天，我们的朋友于赛勃轻轻地溜进屋子，脸上浮着那副故弄玄虚的笑容。我正坐在钢琴前面，于赛勃把一份乐谱放在我们面前，说道：‘把帽子脱下来，诸位先生，一个天才来了！’他不让我们看到

题目。我漫不经心的翻着乐谱，体会没有声音的音乐，是另有一种迷人的乐趣。而且我觉得，每个作曲家所写的音乐，都有一个特殊的面目：在乐谱上，贝多芬的外貌就跟莫扎特不同……但是那天我觉得从谱上瞧着我的那双眼睛完全是新的：一双像花一般的、蜥蜴一般的、少女一般的眼睛，表情很神妙地瞅着我。在场的人一看到题目：《萧邦：作品第二号》，都大大的觉得惊奇。萧邦？萧邦？我从来没听见过这个名字。”

近代的批评家，认为那个时期萧邦的作品已经融合了强烈的个性和鲜明的民族性。舒曼还说他受到了几个最好的大师的影响：贝多芬、舒伯特和斐尔德。“贝多芬培养了他大胆的精神；舒伯特培养了他温柔的心；斐尔德培养了他灵巧的手。”大家知道，斐尔德是十八世纪的爱尔兰作曲家，“夜曲”这个体裁，就是经他提倡而风行到现在的。

萧邦十九岁那一年，爱上了华沙音乐院的一个学生，女高音公斯当斯·葛拉各夫斯加。爱情给了他很多痛苦，也给了他很多灵感。一八二九年九月，他在写给好朋友蒂图斯的信中说：“我找到了我的理想，而这也许就是我的不幸。但是我的确很忠实地崇拜她。这件事已经有六个月了，我每夜

梦见她有六个月了，可是我连一个字都没出口。我的《协奏曲》中间的《慢板》，还有我这次寄给你的《圆舞曲》，都是我心里想着那个美丽的人而写的。你该注意《圆舞曲》上面画着十字记号的那一段。除了我自己，谁也不知道那一段的意义。好朋友，要是我能把我的新作品弹给你听，我会多么高兴啊！在《三重奏》里头，低音部分的曲调，一直过渡到高音部分的降E。其实我用不着和你说明，你自己会发觉的。”这里说的《协奏曲》，就是《f小调钢琴协奏曲》；《圆舞曲》是遗作第七十号第三首；《三重奏》是作品第八号的《钢琴三重奏》。

就在一八二九年的九月里，有一天中午，他连衣服也没穿好，连那天是什么日子都不知道，给蒂图斯写了一封极痛苦的信，说道：“我的念头越来越疯狂了。我恨自己，始终留在这儿，下不了决心离开。我老是有个预感：一朝离开华沙，就一辈子也不能回来的了。我深深的相信，我要走的话，便是和我的祖国永远告别。噢！死在出生以外的地方，真是多伤心啊！在临终的床边，看不见亲人的脸，只有一个漠不关心的医生，一个出钱雇用的仆人，岂不惨痛？好朋友，我常常想跑到你的身边，让我这悲痛的心得到一点儿安息。既然办不到，我就莫名其妙的，急急忙忙地冲到街上去。胸中的

热情始终压不下去，也不能把它转向别的方面；从街上回来，我仍旧浸在这个无名的、深不可测的欲望中间煎熬。”

法国有一位研究萧邦的专家说道：“我们不妨用音乐的思考，把这封信念几遍。那是由好几个互相联系，反复来回的主题组织成功的：有彷徨无助的主题，有孤独与死亡的主题，有友谊的主题，有爱情的主题，忧郁、柔情、梦想，一个接着一个在其中出现。这封信已经是活生生的一支萧邦的乐曲了。”

一八二九年十月，萧邦给蒂图斯的信中又说：“一个人的心受着压迫，而不能向另一颗心倾吐，那真是惨呢！不知道有多少回，我把我要告诉你的话，都告诉了我的琴。”

华沙对于萧邦已经太狭小了，他需要见识广大的世界，需要为他的艺术另外找一个发展的天地。第一次的爱情没有结果，只有在他浪漫底克的青年时代，挑起他更多的苦闷，更多的骚动。终于他鼓足勇气，在一八三〇年十一月一日，从华沙出发，往维也纳去了。送行的人一直陪他到华沙郊外的一个小镇上，大家都在那儿替他饯行。他的老师埃斯纳，特意写了一支歌，由一般音乐院的学生唱着。他们又送他一只银杯，

里面装着祖国的泥土。萧邦哭了。他预感到这一次的确是一去不回的了。多少年以后，他听到他的学生弹他的作品第十号第三首《练习曲》的时候，叫了一声："噢！我的祖国！"

当时的维也纳是欧洲的音乐中心，也是一个浮华轻薄的都会。一年前招待萧邦的热情已冷下去了。萧邦虽然受到上流社会的邀请，到处参加晚会；可是没有一个出版商肯印他的作品，也没有人替他发起音乐会。在茫茫的人海中，远离乡井的萧邦又尝到另外一些辛酸的滋味。在本国，他急于往广阔的天空飞翔，因为下不了决心高飞远走而苦闷；一朝到了国外，斯拉夫人特别浓厚的思乡病，把一个敏感的艺术家的心刺伤得更厉害了。一八三〇年十一月二十九日，华沙民众反抗俄国专制统治的革命爆发了。萧邦一听到消息，马上想回去参加这个英勇的斗争。可是雇了车出了维也纳，绕了一圈又回来了；父亲也写信来要他留在国外，说他们为他所做的牺牲，至少要得到一点收获。但是萧邦整天整月的想念亲友，为他们的生命操心，常常以为他们是在革命中牺牲了。

一八三一年七月二十日，他离开维也纳往南去，护照上写的是：经过巴黎，前往伦敦。出发前几天，他收到了一个老世交的信，那是波兰的一个作家，叫做维脱维基，他信上

的话正好说中了萧邦的心事。他说："最要紧的是民族性，民族性，最后还是民族性！这个词儿对一个普通的艺术家差不多是空空洞洞的，没有什么意义的，但对一个像你这样的人才，可并不是。正如祖国有祖国的水土与气候，祖国也有祖国的曲调。山岗、森林、水流、草原，自有它们本土的声音，内在的声音；虽然那不是每个心灵都能抓住的。我每次想到这问题，总抱着一个希望，亲爱的弗雷德里克，你，你一定是第一个会在斯拉夫曲调的无穷无尽的财富中间，汲取材料的人。你得寻找斯拉夫的民间曲调，像矿物学家在山顶上，在山谷中，采集宝石和金属一样……听说你在外边很烦恼，精神萎靡得很。我设身处地为你想过：没有一个波兰人，永别了祖国能够心中平静的。可是你该记住，你离开乡土，不是到外边去萎靡不振的，而是为培养你的艺术，来安慰你的家属，你的祖国，同时为他们增光的。"

一八三一年九月八日，正当萧邦走在维也纳到巴黎去的半路上，听到俄国军队进攻华沙的消息。于是全城流血，亲友被杀戮，同胞被屠杀的一幅惨不忍睹的画面，立刻摆在他眼前。他在日记上写道："噢！上帝，你在哪里呢？难道你眼看着这种事，不出来报复吗？莫斯科人这样的残杀，你还觉得不满足吗？也许，也许，你自己就是一个莫斯科人吧？"

那支有名的《革命练习曲》，作品第十号第十二首的初稿，就是那个时候写的。

就在这种悲愤、焦急、无可奈何的心情中，萧邦结束了少年时代，也就在这种国破家亡的惨痛中，像巴特洛夫斯基说的，“这个贩私货的天才”，在暴虐的敌人铁蹄之下，做了漏网之鱼，挟着他的音乐手稿，把在波兰被禁止的爱国主义，带到国外去发扬光大了。

一九五六年一月四日作

# 萧邦的壮年时代

一八三一年，法国的政局和社会还是动荡不定的。经过一八三〇年的七月革命，新兴的布尔乔亚夺取了政权，可是极右派的保皇党，失势的贵族，始终受着压迫的平民，都在那里挣扎，反抗政府。各党各派经常在巴黎的街上游行示威。偶尔还听得见“波兰万岁”的口号。因为有个拿破仑的旧部，意大利籍的将军拉慕里奴，正在参加华沙革命。在这种人心骚动的情况之下，萧邦在一八三一年的秋天到了巴黎。

那个时期，凯鲁比尼、贝里尼、罗西尼、梅耶贝尔都集中在巴黎。号称钢琴之王的卡克勃兰纳，号称钢琴之狮的李斯特，还有许多当年红极一时而现在被时间淘汰了的演奏家，也都在巴黎。萧邦写信给朋友，说：“我不知道世界上还有什么地方，会比巴黎的钢琴家更多。”

法国的文学家勒哥回，跟着柏辽兹去访问萧邦以后，写道：“我们走上一家小旅馆的三楼，看见一个青年脸色苍白，忧郁，举动文雅，说话带一点外国的口音；棕色的眼睛又明净又柔和，栗色的头发几乎跟柏辽兹的一样长，也是一绺一绺地挂在脑门上。这便是才到巴黎不久的萧邦。他的相貌，跟他的作品和演奏非常调和，好比一张脸上的五官一样分不开。他从琴上弹出来的音，就像从他眼睛里放射出来的眼神。有点儿病态的、细腻娇嫩的天性，跟他《夜曲》中间的富于诗意的悲哀，是融合一致的；身上的装束那么讲究，使我们了解到，为什么他有些作品在风雅之中带着点浮华的气息。”

同是那个时代，李斯特也替萧邦留下一幅写照，他说：“萧邦的眼神，灵秀之气多于沉思默想的成分。笑容很温和，很俏皮，可没有挖苦的意味。皮肤细腻，好像是透明的。略微弯曲的鼻子，高雅的姿态，处处带着贵族气味的举动，使人不由自主的会把他当做王孙公子一流的人物。他说话的音调很低，声音很轻；身量不高，手脚都长得很单薄。”

凭了以上两段记载，我们对于二十多岁的萧邦，大概可以有个比较鲜明的印象了。

到了巴黎四个月以后，一八三二年一月，他举行了第一次音乐会，听众不多，收入还抵不了开支。可是批评界已经承认，他把大家追求了好久而没有追求到的理想，实现了一部分。李斯特尤其表示钦佩，他说：“最热烈的掌声，也不足以表示我心中的兴奋。萧邦不但在艺术的形式方面，很成功地开辟了新的境界，同时还在诗意的体会方面，把我带进了一个新的天地。”

萧邦在巴黎遇到很多祖国的同胞。从华沙革命失败以后，亡命到法国来的波兰人更多了。在政治上对于波兰的同情，连带引起了巴黎人对波兰艺术的好感。波兰的作家开始把本国的诗歌译成法文。萧邦由于流亡贵族的介绍，很快踏进了法国的上流社会，受到他们的尊重，被邀请在他们的晚会上演奏。请他教钢琴的学生也很多，一天甚至要上四五课。一八三三年，他和李斯特和另一个钢琴家希勒分别开了两次演奏会。一八三四年他上德国，遇到了门德尔松；门德尔松在家信中称他为当代第一个钢琴家。一八三五年，柏辽兹在报纸上写的评论，说：“不论作为一个演奏家还是作曲家，萧邦都是一个绝无仅有的艺术家。不幸的很，他的音乐只有他自己所表达出的那种特殊的、意想不到的妙处。他的演奏，自有一种变化无穷的波动，而这是他独有的秘诀，没法指明

的。他的《玛祖卡》中间，又有多多少少难以置信的细节。”

虽则萧邦享了这样的大名，他自己可并不喜欢在大庭广众之间露面。他对李斯特说：“我是天生不宜于登台的，群众使我胆小。他们急促的呼吸，教我透不过气来。好奇的眼睛教我浑身发抖，陌生的脸教我开不得口。”的确，从一八三五年四月以后，好几年他没有登台。

一八三二年至一八三四年间，萧邦把华沙时期写的，维也纳时期写的和到法国以后写的作品，陆续印出来了，包括作品第六号到第十九号。种类有《圆舞曲》《回旋曲》《钢琴三重奏》、十三支《玛祖卡》、六支《夜曲》、十二支《练习曲》。

在不熟悉音乐的人，《练习曲》毫无疑问只是练习曲，但熟悉音乐的人都知道，萧邦采用这个题目实在是非常谦虚的。在音乐史上，有教育作用而同时成为不朽的艺术品的，只有巴赫的四十八首《平均律钢琴曲集》，可以和萧邦的《练习曲》媲美。因为巴赫也只说，他写那些乐曲的目的，不过是为训练学生正确的演奏，使他们懂得弹琴像唱歌一样。在巴赫过世以后七十年，萧邦为钢琴技术开创了一个

新的学派，建立了一套新的方法，来适应钢琴在表情方面的新天地。所以我们不妨反过来说，一切艰难的钢琴技巧，只是萧邦《练习曲》的外貌，只是学者所能学到的一个方面；《练习曲》的精神和初学者应当吸收的另一个方面，却是各式各种的新的音乐内容：有的是像磷火一般的闪光，有的是图画一般幽美的形象，有的是凄凉哀怨的抒情，有的是慷慨激昂的呼号。

另外一种为萧邦喜爱的形式是《夜曲》。那个体裁是十八世纪爱尔兰作曲家斐尔德第一个用来写钢琴曲的。萧邦一生写了不少《夜曲》，一般群众对萧邦的认识与爱好，也多半是凭了这些比较浅显的作品。近代的批评家们都认为，《夜曲》的名气之大，未免损害了萧邦的艺术价值；因为那些音乐只代表作者一小部分的精神，而且那种近于女性的、感伤的情调，是很容易把萧邦的真面目混淆的。

一八三五年夏天，萧邦到德国的一个温泉浴场去，跟他的父母相会；秋天到德累斯顿，在一个童年的朋友伏秦斯基家里住了几天。伏秦斯基伯爵和萧邦两家，是多年的至交。他们的小女儿玛丽，还跟萧邦玩过捉迷藏呢。一八三五年的时候，玛丽对于绘画、弹琴、唱歌、作曲都能来一点。在德

累斯顿的几天相会，她居然把萧邦的心俘虏了。临别的前夜，玛丽把一朵玫瑰递在萧邦的手里；萧邦立刻坐在钢琴前面，当场作了一支《f 小调圆舞曲》。某个批评家认为，其中有絮絮叨叨的情话，有一下又一下的钟声，有车轮在石子路上碾过的声音，把两人竭力压着的抽噎声盖住了。

萧邦回到法国，继续和伏秦斯基一家通信。玛丽对他表示非常怀念。第二年，一八三六年七月，萧邦又到奥国的一个避暑胜地和玛丽相会，八月里陪着她回德累斯顿。九月七日，告别的前夜，萧邦正式向玛丽求婚，并且征求伯爵夫人的同意。伯爵夫人答应了，但是要他严守秘密；因为她说，要父亲让步，必须有极大的耐性和相当的时间。萧邦回去的路上，在莱比锡和舒曼相见，给他看一支从爱情中产生的作品——《g 小调叙事曲》，作品第二十三号。

叙事曲原来是替歌唱作伴奏的一种曲子，到萧邦手里才变作纯粹的钢琴乐曲，可是原有的叙事性质和重唱的形式，都给保存了。作者借着古代的传说或故事的气氛，表达胸中的欢乐和痛苦。萧邦的传记家尼克斯认为，《g 小调叙事曲》含有最强烈的感情的波动，充满着叹息、哭泣、抽噎和热情的冲动。舒曼也肯定这是一个大天才的最好的作品。

一八三五年二月，萧邦发表了第一支《诙谐曲》，作品第二十号。诙谐曲的体裁，当然不是萧邦首创的，但在贝多芬的笔下，表现的是健康的幽默，快乐的兴致，嬉笑的游戏；在门德尔松的笔底下，是一种轻松愉快的心情，灵动活泼，秀美无比的节奏；到了萧邦手里，却变成了内心的戏剧，表现的多半是情绪骚动，痛苦狂乱的境界。关于他的第一支《诙谐曲》，两个传记家有两种不同的了解：尼克斯认为开头的两个不协和弦，大概是绝望的叫喊；后面的骚动的一段，是一颗被束缚的灵魂拼命要求解放。相反，伏秦斯基觉得这支《诙谐曲》应当表现萧邦在维也纳的苦闷与华沙隐落的悲痛以后，一个比较平静时期的心境。因为第一个狂风暴雨般的主题，忽然之间停下来，过渡到一段富于诗意的、温柔的歌唱，描写他童年时代所爱好的草原风景。但是萧邦所要表现的，究竟是什么心情，恐怕永远是一个谜了。

一八三六年，爱情的梦做得最甜蜜的一年，萧邦还发表了两支《夜曲》，两支《波洛奈兹》。从一八三七年春天起，伏秦斯基伯爵夫人信中的态度，越来越暧昧了，玛丽本人的口气也越来越冷淡：快到夏天的时候，隔年订的婚约，终于以心照不宣、不了了之的方式，给毁掉了。为什么呢？为了门第的关系吗？为了当时的贵族和布尔乔亚对一般艺术家的

偏见吗？这两点当然是毁约的原因。但主要还在于玛丽本人，她一开头就没有像萧邦一样真正的动情。跟萧邦整个做人的作风一样，失恋的痛苦在他面上是看不出的，可是心里永远留下了一个深刻的伤痕。他死了以后，人家发现一叠玛丽写给他的信，扎着粉红色的丝带，上面有萧邦亲手写的字：“我的苦难”。

一八三七年七月，他上伦敦去了一次，一八三八年二月，又在伦敦出现。不久回到法国，在里昂城由一个波兰教授募捐，开了一个音乐会。勒哥回写道：“萧邦！萧邦！别再那么自私了，这一回的成功应该使你打定主意，把你美妙的天才献给大众了吧？所有的人都在争论，谁是欧洲第一个钢琴家？是李斯特还是塔尔堡？只要让大家像我们一样的听到你，他们就会毫不迟疑的回答：是萧邦！”同时，德国的大诗人海涅在德国的杂志上写道：“波兰给了他骑士的心胸和年深月久的痛苦，法国给了他潇洒出尘、温柔蕴藉的风度，德国给了他幻想的深度，但是大自然给了他天才和一颗最高尚的心。他不但是个大演奏家，同时是个诗人，他能把他灵魂深处的诗意，传达给我们。他的即兴演奏给我们的享受是无可比拟的。那时他已不是波兰人，也不是法国人，也不是德国人，他的出身比这一切都要高贵得多：他是从莫扎特，

从拉斐尔，从歌德的国土中来的；他的真正的家乡是诗的家乡。”

就在那个时代，一八三八年的夏天，失恋的萧邦和另外一个失恋的艺术家乔治·桑交了朋友。奇怪的是，一八三六年年底，萧邦第一次见到她以后和朋友说：“乔治·桑真是一个讨厌的女人。她能不能算一个真正的女人，我简直有点怀疑。”可是，友谊也罢，爱情也罢，最初的印象，往往并不能决定以后的发展。隔了一年的时间，萧邦居然和乔治·桑来往了，不久又从朋友进到了爱人的阶段。萧邦第三次，也是最后一次的恋爱，维持了九年。

乔治·桑是个非常男性的女子，心胸宽大豪爽，热情真诚，纯粹是艺术家本色；又是酷爱自由平等，醉心民主，赞成革命的共和党人。巴尔扎克说过：“她的优点都是男人的优点，她不是一个女人，而且她有意要做男子。”关于她和萧邦的恋爱，萧邦的传记家和乔治·桑的传记家，都写过不少文章讨论，可以说议论纷纷，莫衷一是。我们现在不需要，也没有能力来追究这桩文艺史上的公案。但有一点是肯定的：这九年的罗曼史并没给萧邦什么坏影响，不论在身心的健康方面，还是在写作方面；相反，在萧邦身上开始爆发的肺病，

可能还因为受到看护而延缓了若干时候呢。

一八三九年冬天，萧邦跟着乔治·桑和她的两个孩子，到地中海里的一个西班牙属的玛略卡岛上去养病。不幸，他们的地理知识太差了：岛上的冬天正是气候恶劣的雨季。不但病人的身体受到严重的损害，神经也变得十分紧张，往往看到一些可怕的幻象。有一天，乔治·桑带着孩子们在几十里以外的镇上买东西，到晚上还不回来；外边是大风大雨，山洪暴发。萧邦一个人在家，伏在钢琴上，一忽儿担心朋友一家的生命，一忽儿被种种可怖的幽灵包围。久而久之，他仿佛觉得自己已经死了，沉在一口井里，一滴一滴的凉水掉在他身上。等到乔治·桑回来，萧邦面无人色站起来说："啊！我知道你们已经死了！"原来他以为这是死人的幽灵出现呢！那天晚上作的乐曲，有的音乐学者说是第六首《前奏曲》，有的说是第十五首，李斯特说是第八首。今天我们所能肯定的，只是作品第二十八号的二十四首《前奏曲》中的一大部分，的确是在玛略卡岛上作的。这部作品，被公认为萧邦艺术的精华，因为音乐史上没有一个人能够用这么少的篇幅，包括这么丰富的内容。固然，《前奏曲》是萧邦个人最复杂、最戏剧化的情绪的自由，但也是大众的感情的写照，因为他在表白自己的时候，也说出了我们心中的苦闷、惆怅、悔恨、

快乐和兴奋。

一八三九年春天，他们离开了玛略卡岛，回到法国。萧邦病得很重，几次吐血，不得不先在马赛休养。到夏天，大家才回到乔治·桑的乡间别庄，就在法国中部偏西的诺昂。从那时起，七年功夫，萧邦的生活过得相当平静。冬天住巴黎，夏天住诺昂。乔治·桑给朋友的信中提到他说：“他身体一忽儿好，一忽儿坏；可是从来不完全好，或者完全坏。我看这个可怜的孩子要一辈子这样憔悴的了。幸而精神并没受到影响，只要略微有点力气，他就很快活了。不快活的时候，他坐在钢琴前面，作出一些神妙的乐曲。”的确，那时医生也没有把萧邦的病看得严重，而萧邦的工作也没有间断：七年之中发表的，有二十四支《前奏曲》，三首《即兴曲》，不少的《圆舞曲》《玛祖卡》《波洛奈兹》《夜曲》，两首《奏鸣曲》，三支《诙谐曲》，三支《叙事曲》，一支《幻想曲》。

可是，七年平静的生活慢慢的有了风浪。早在一八四四年，父亲米科瓦伊死了，这个七十五岁的老人的死讯，给了萧邦一个很大的打击。他的健康始终没有恢复，心情始终脱不了斯拉夫族的那种矛盾：跟自己从来不能一致，快乐与悲哀会同时在心中存在，也能够从忧郁突然变而为兴奋。

一八四六年下半年，他和乔治·桑的感情不知不觉的有了裂痕。比他大七岁的乔治·桑，多少年来已经只把他当做孩子看待，当做小病人一般的爱护和照顾，那在乔治·桑也是一个沉重的负担。何况她的儿女都已长大，到了婚嫁的年龄；家庭变得复杂了，日常琐碎的纠纷和不可避免的摩擦，势必牵涉到萧邦。萧邦的病一天一天在暗中发展，脾气的越变越坏，也在意料之中。一八四七年五月，为了乔治·桑跟新出嫁的女儿和女婿冲突，萧邦终于离开了诺昂。多少年的关系斩断了，根深蒂固的习惯不得不跟着改变，而萧邦的脆弱的生命线也从此斩断了。

一八四七年，萧邦发表了最后几部作品，从作品第六十三号的《玛祖卡》起，到六十五号的《钢琴与大提琴奏鸣曲》为止。从此以后，他搁笔了。凡是第六十六号起的作品，都是他死后由他的朋友冯塔那整理出来的。他的病一天天的加重，上下楼梯连气都喘不过来。李斯特说，那时候的萧邦只剩下个影子了。可是，一八四八年二月十六日，他还在巴黎举行了最后一次音乐会。一八四八年四月，他上英国去，在伦敦、爱丁堡、曼彻斯特各地的私人家里演奏。这次旅行把他最后一些精力消耗完了。一八四九年一月回到巴黎。六月底，他写信给姊姊卢德维卡，要她来法国相会。姊姊来了，

陪了他一个夏天。可是一个夏天，病状只有恶化。他很少说话，只用手势来表示意思。十月中旬，他进入弥留状态。十月十五日，他要波托茨卡伯爵夫人为他唱歌，他是一向喜欢伯爵夫人的声音的。大家把钢琴从客厅推到卧房门口，波托茨卡夫人迸着抽搐的喉咙唱到一半，病人的痰涌上来了，钢琴立刻推开，在场的朋友都跪在地下祷告。十六日整天他都很痛苦，晕过去几次。在一次清醒的时候，他要朋友们把他未完成的乐稿全部焚毁。他说："因为我尊重大众。我过去写完的作品，都是尽了我的能力的。我不愿意有辜负群众的作品散播在人间。"然后他向每个朋友告别。十七日清早两点，他的学生兼好友古特曼喂他喝水，他轻轻地叫了声："好朋友！"过了一会儿，就停止了呼吸。

在玛格达兰纳教堂举行的丧礼弥撒，由巴黎最著名的四个男女歌唱家领唱，唱了莫扎特的《安魂曲》，大风琴上奏着萧邦自己作的《葬礼进行曲》，第四和第六两首《前奏曲》。

正当灵柩在拉希士公墓上给放下墓穴的时候，一个朋友捧着十九年前的那只银杯，把里头的波兰土倾倒在灵柩上。这个祖国的象征，追随了萧邦十九年，终于跟着萧邦找到了最后的归宿，完成了它的使命。另一方面，葬在巴黎地下的，

只是萧邦的身体，他的心脏被送到了华沙，保存在圣·十字教堂。这个美妙的举动当然是符合这位大诗人的愿望的，因为十九年如一日，他永远是身在异国，心在祖国。

第二次大战期间，波兰国土被希特勒匪徒占领了，波兰人民把萧邦的心从教堂里拿出来，藏在别处。直到一九四九年十月十七日，萧邦逝世一百周年纪念日，才由波兰人民共和国当时的部长会议主席贝鲁特，把珍藏萧邦心脏的匣子，交给华沙市长，由华沙市长送回到圣·十字教堂。可见波兰人民的心，在最危急的关头，也没有忘了这颗爱国志士的心！

一九五六年

# 第五章 艺术是这世界生生不息的热火

艺术暗示着快要觉醒而奋起的心灵，
寻找着这世界永永不灭的生机。

# 关于乔治·萧伯纳的戏剧

本文初刊于一九三二年二月十七日的《时事新报·欢迎萧伯纳氏来华纪念专号》，题为《乔治·萧伯纳评传》，后经修改，又刊于一九三三年二月的《艺术旬刊》第二卷第二期，改用此题目。萧伯讷（George Bernard Shaw，1856—1950），爱尔兰剧作家。

乔治·萧伯纳（George Bernard Shaw）于一八五六年生于爱尔兰京城都柏林。他的写作生涯开始于一八七九年。自一八八〇年至一八八六年间，萧氏参加称为费边社（Fabian Society）的社会主义运动，并写了他的《未成年四部曲》。一八九一年，他的批评论文《易卜生主义的精义》（*The Quintessence of Ibsenism*）出版。一八九八年，又印行他的音乐论文The Perfect Wagnerite。一八八五年开始，他就写剧本，但他的剧本的第一次上演，是一八九三年间的事。从此以后，他在世界舞台上的成功，已为大家所知道了。在他数量惊人的喜剧中，最著名的《华伦夫人之职业》（一八九三）、《英雄与军人》（一八九四）、*Candida*（一八九七）、*Caesar and Cleopatra*（一九〇〇）、*John Bull's Other Island*（一九〇三）、《人与超人》（一九〇三）、《结婚去》

（*Getting Married*，一九〇八）、《*The Blanco Posnet* 的暴露》（*The Shewing Up of Blanco Posnet*，一九〇九）、Back to Methuselah（一九二〇）、《圣耶纳》（一九二三）。一九二六年，萧伯纳获得诺贝尔文学奖。

本世纪初叶的英国文坛，有一个很显著的特点，就是大作家们并不努力于美的修积，而是以实际行动为文人的最高的终极。这自然不能够说英国文学的传统从此中断了或转换了方向，桂冠诗人的荣衔一直有人承受着；自丁尼生以降，有阿尔弗莱特·奥斯丁和罗伯特·布里吉斯等。但在这传统以外，新时代的作家如吉卜林（Kipling）、切斯特顿（Chesterton）、韦尔斯（Wells）、萧伯纳等，各向民众宣传他们的社会思想、宗教信仰……

这个世纪是英国产生预言家的世纪。萧伯纳便是这等预言家中最大的一个。

在思想上，萧并非是一个孤独的倡导者，他是塞缪尔·巴特勒（Samuel Butler，一八三五——一九〇二）的信徒，他继续巴氏的工作，对维多利亚女王时代的文物法统重新加以估价。萧的毫无矜惜的讽刺便是他唯一的武器。青年时代的热

情又使他发现了马克思与亨利·乔治（按，乔治名著《进步与贫穷》出版于一八七七年）。他参加当时费边社的社会主义运动，一八八四年，他并起草该会的宣言。一八八三年写成他的名著之一《一个不合社会的社会主义者》（An Unsociable Socialist）。同时，他加入费边运动的笔战，攻击无政府党。他和诗人兼戏剧家戈斯（Edmond Gosse）等联合，极力介绍易卜生，他的《易卜生主义的精义》即在一八九一年问世。由此观之，萧伯纳在他初期的著作生涯中，即明白表现他所受前人的影响而急于要发展他个人的反动。因为萧生来是一个勇敢的战士，所以第一和易卜生表同情，其后又亲切介绍瓦格纳（他的关于瓦格纳的著作于一八九八年出版）。他把瓦氏的 *Le Crépuscule des Dieux* 比诸十九世纪德国大音乐家梅耶贝尔（Meyerbeer）的最大的歌剧。他对于莎士比亚的研究尤具独到之见：他把属于法国通俗喜剧的 *Comme il Vous Plaira*（莎氏原著名 *As You Like It*）和纯粹莎士比亚风格的 *Measure for Measure* 加以区别。但萧在讲起德国民间传说尼伯龙根（Nibelungen）的时候，已经用簇新的眼光去批评，而称之为“混乱的工业资本主义的诗的境界”了。这自然是准确的，从某种观点上来说，他不免把这真理推之极度，以至成为千篇一律的套语。

萧伯纳自始即练成一种心灵上的试金石，随处应用它去测验各种学说和制度。萧自命为现实主义者，但把组成现实的错综性的无重量物（如电、光、热等）摒弃于现实之外。萧宣传社会主义，但他并没有获得信徒，因为他的英雄是一个半易卜生半尼采的超人，是他的思想的产物。这实在是萧的很奇特的两副面目：社会主义者和个人主义者。在近代作家中，恐怕没有一个比萧更关心公众幸福的了，可是他的关心，只用一种抽象的热情，这为萧自己所否认，但的确是事实。

很早，萧伯纳放弃小说。但他把小说的内容上和体裁上的自由赋予戏剧。他开始编剧的时候，美国舞台上正风靡着阿瑟·波内罗（Arthur Pinero）、阿瑟·琼斯（Arthur Jones）辈的轻佻的喜剧。由此，他懂得戏剧将如何可以用作他直接针砭社会的武器。他要触及一般的民众，极力加以抨击。他把舞台变作法庭，变作讲坛，把戏剧用作教育的工具。最初，他的作品很被一般人所辩论，但他的幽默的风格毕竟征服了大众。在表面上，萧是胜利了；实际上，萧不免时常被自己的作品所欺骗：观众接受了他作品中幽默的部分而疏忽了他的教训。萧知道这情形，所以他怒斥英国民众为无可救药的愚昧。

然而，萧氏剧本的不被一般人了解，也不能单由观众方面负责。萧氏的不少思想剧所给予观众的，往往是思想的幽灵，是历史的记载，虽然把年月改变了，却并不能有何特殊动人之处。至于描写现代神秘的部分，却更使人回忆起小仲马而非易卜生。

萧氏最通常的一种方法，是对于普通认可的价值的重提。这好像是对于旧事物的新估价，但实际上又常是对于选定的某个局部的坚持，使其余部分，在比较上成为无意义。在这无聊的反照中便产生了滑稽可笑。这方法的成功与否，全视萧伯讷所取的问题是一个有关生机的问题或只是一个迅暂的现象而定。例如《人与超人》把唐·璜（Don Juan）表现成一个被女子所牺牲的人，但这种传说的改变并无多大益处。可是像在《凯撒与克莉奥佩特拉》（*Caesar and Cleopatra*）、《康蒂妲》（*Candida*）二剧，人的气氛浓厚得多。萧的善良的观念把“力强”与“怯弱”的争执表现得多么悲壮，而其结论又是多么有力。

萧伯讷，据若干批评家的意见，并且是一个乐观的清教徒，他不信 metaphysique 的乐园，故他发愿要在地球上实现这乐园。萧氏宣传理性、逻辑，攻击一切阻止人类向上的制

度和组织。他对于军队、政治、婚姻、慈善事业，甚至医药，都尽情地嬉笑怒骂，萧氏整部作品建筑在进化观念上。

然而，萧伯讷并不是创造者，他曾宣言：“如果我是一个什么人物，那么我是一个解释者。”是的，他是一个解释者，他甚至觉得戏剧本身不够解释他的思想而需要附加与剧本等量的长序。

离开了文学，离开了戏剧，离开了一切技巧和枝节，那末，萧伯讷在本世纪思想上的影响之重大，已经成为不可动摇的史迹了。

这篇短文原谈不到“评”与“传”，只是乘他东来的机会，在追悼最近逝世的高尔斯华绥之余，对于这个现代剧坛的巨星表示相当的敬意而已。

在此破落危亡、大家感到世纪末的年头，这个讽刺之王的来华，当更能引起我们的感慨吧！

一九三二年二月九日

# 丹纳《艺术哲学》译者序

傅雷于一九五八至一九五九年间，在精神处于极度痛苦和压抑的状态下，翻译了丹纳巨著《艺术哲学》，并撰写了这篇序文。

法国史学家兼批评家丹纳（Hippolyte Adolphe Taine，一八二八—一八九三）自幼博闻强记，长于抽象思维，老师预言他是“为思想而生活”的人。中学时代成绩卓越，文理各科都名列第一；一八四八年又以第一名考入国立高等师范，专攻哲学。一八五一年毕业后任中学教员，不久即以政见与当局不合而辞职，以写作为专业。他和许多学者一样，不仅长于希腊文，拉丁文，并且很早精通英文，德文，意大利文。一八五八至七一年间游历英，比，荷，意，德诸国。一八六四年起应巴黎美术学校之聘，担任美术史讲座，一八七一年在英国牛津大学讲学一年。他一生没有遭遇重大事故，完全过着书斋生活，便是旅行也是为研究学问搜集材料；但一八七〇年的普法战争对他刺激很大，成为他研究“现代法兰西渊源”的主要原因。

他的重要著作，在文学史及文学批评方面有《拉封丹及其寓言》（一八五四），《英国文学史》（一八六四—六九），《评论集》，《评论续集》，《评论后集》（一八五八，六五，九四）；在哲学方面有《十九世纪法国哲学家研究》（一八五七），《论智力》（一八七〇）；在历史方面有《现代法兰西的渊源》十二卷（一八七——一九四）；在艺术批评方面有《意大利游记》（一八六四—六六）及《艺术哲学》（一八六五—六九）。列在计划中而没有写成的作品有《论意志》及《现代法兰西的渊源》的其他各卷，专论法国社会与法国家庭的部分。

《艺术哲学》一书原系按讲课进程陆续印行，次序及标题也与定稿稍有出入：一八六五年先出《艺术哲学》（即今第一编），一八六六年续出《意大利的艺术哲学》（今第二编），一八六七年出《艺术中的理想》（今第五编），一八六八至六九年续出《尼德兰的艺术哲学》和《希腊的艺术哲学》（今第三、四编）。

丹纳受十九世纪自然科学界的影响极深，特别是达尔文的进化论。他在哲学家中服膺德国的黑格尔和法国十八世纪的孔提亚克。他认为世界上一切事物，无论物质方面的或精

神方面的，都可以解释；一切事物的产生，发展，演变，消灭，都有规律可寻。他的治学方法是“从事实出发，不从主义出发；不是提出教训而是探求规律，证明规律”，换句话说，他研究学问的目的是解释事物。他在本书中说：“科学同情各种艺术形式和各种艺术流派，对完全相反的形式与派别一视同仁，把它们看做人类精神的不同的表现，认为形式与派别越多越相反，人类的精神面貌就表现得越多越新颖。植物学用同样的兴趣时而研究橘树和棕树，时而研究松树和桦树；美学的态度也一样，美学本身便是一种实用植物学。”这个说法似乎他是取的纯客观态度，把一切事物等量齐观；但事实上这仅仅指他做学问的方法，而并不代表他的人生观。他承认“幻想世界中的事物像现实世界中的一样有不同的等级，因为有不同的价值”。他提出艺术品表现事物特征的重要程度，有益程度，效果的集中程度，作为衡量艺术品价值的尺度；特别值得注意的是特征的有益程度，因为他所谓有益的特征是指帮助个体与集体生存与发展的特征。可见他仍然有他的道德观点与社会观点。

在他看来，物质文明与精神文明的性质面貌都取决于种族，环境，时代三大因素。这个理论早在十八世纪的孟德斯鸠，近至十九世纪丹纳的前辈圣伯夫，都曾经提到；但到了丹纳

手中才发展为一个严密与完整的学说，并以大量的史实为论证。他关于文学史，艺术史，政治史的著作，都以这个学说为中心思想；而他一切涉及批评与理论的著作，又无处不提供丰富的史料作证明。英国有位批评家说："丹纳的作品好比一幅图画，历史就是镶嵌这幅图画的框子。"因为这个缘故，他的《艺术哲学》同时就是一部艺术史。

从种族，环境，时代三个原则出发，丹纳举出许多显著的例子说明伟大的艺术家不是孤立的，而只是一个艺术家家族的杰出的代表，有如百花盛开的园林中的一朵更美艳的花，一株茂盛的植物的"一根最高的枝条"。而在艺术家家族背后还有更广大的群众，"我们隔了几世纪只听到艺术家的声音；但在传到我们耳边来的响亮的声音之下，还能辨别出群众的复杂而无穷无尽的歌声，在艺术家四周齐声合唱。只因为有了这一片和声，艺术家才成其为伟大"。他又以每种植物只能在适当的天时地利中生长为例，说明每种艺术的品种和流派只能在特殊的精神气候中产生，从而指出艺术家必须适应社会的环境，满足社会的要求，否则就要被淘汰。

另一方面，他不承认艺术欣赏是一个见仁见智的问题，没有客观标准可言。因为"每个人在趣味方面的缺陷，由别

人的不同的趣味加以补足；许多成见在互相冲突之下获得平衡，这种连续而相互的补充，逐渐使最后的意见更接近事实”。所以与艺术家同时的人的批评即使参差不一，或者赞成与反对各趋极端，也不过是暂时的现象，最后仍会归于一致，得出一个相对客观的结论。何况一个时代以后，还有别的时代“把悬案重新审查，每个时代都根据它的观点审查；倘若有所修正，便是彻底的修正，倘若加以证实，便是有力的证实……即使各个时代各个民族所特有的思想感情都有局限性，因为大众像个人一样有时会有错误的判断，错误的理解，但也像个人一样，分歧的见解互相纠正，摇摆的观点互相抵消以后，会逐渐趋于固定，确实，得出一个相当可靠相当合理的意见，使我们能很有根据很有信心的接受”。

丹纳不仅是长于分析的理论家，也是一个富于幻想的艺术家；所以被称为“逻辑家兼诗人……能把抽象事物戏剧化”。他的行文不但条分缕析，明白晓畅，而且富有热情，充满形象，色彩富丽；他随时运用具体的事例说明抽象的东西，以现代与古代作比较，以今人与古人作比较，使过去的历史显得格外生动，绝无一般理论文章的枯索沉闷之弊。有人批评他只采用有利于他理论的材料，抛弃一切抵触的材料。这是事实，而在一个建立某种学说的人尤其难于避免。要把正反双方的

史实全部考虑到，把所有的例外与变格都解释清楚，决不是一个学者所能办到，而有待于几个世代的人的努力，或者把研究的题目与范围缩减到最小限度，也许能少犯一些这一类的错误。

我们在今日看来，丹纳更大的缺点倒是在另一方面：他虽则竭力挖掘精神文化的构成因素，但所揭露的时代与环境，只限于思想感情，道德宗教，政治法律，风俗人情，总之是一切属于上层建筑的东西。他没有接触到社会的基础；他考察了人类生活的各个方面，却忽略了或是不够强调最基本的一面——经济生活。《艺术哲学》尽管材料如此丰富，论证如此详尽，仍不免予人以不全面的感觉，原因就在于此。古代的希腊，中世纪的欧洲，十五世纪的意大利，十六世纪的佛兰德斯，十七世纪的荷兰，上层建筑与社会基础的关系在这部书里没有说明。作者所提到的繁荣与衰落只描绘了社会的表面现象，他还认为这些现象只是政治，法律，宗教和民族性的混合产物； 他完全没有认识社会的基本动力是在于生产力与生产关系。

但除了这些片面性与不彻底性以外，丹纳在上层建筑这个小范围内所做的研究工作，仍然可供我们作进一步探讨的

根据。从历史出发与从科学出发的美学固然还得在原则上加以重大的修正与补充，但丹纳至少已经走了第一步，用他的话来说，已经做了第一个实验，使后人知道将来的工作应当从哪几点上着手，他的经验有哪些部分可以接受，有哪些缺点需要改正。我们也不能忘记，丹纳在他的时代毕竟把批评这门科学推进了一大步，使批评获得一个比较客观而稳固的基础；证据是他在欧洲学术界的影响至今还没有完全消失，多数的批评家即使不明白标榜种族，环境，时代三大原则，实际上还是多多少少应用这个理论的。

# 泰纳《艺术论》译者弁言（初译本）

丹纳的《艺术哲学》对傅雷影响极深。早在一九二九年（二十一岁）于巴黎攻读美术史时，就意欲翻译全书，并译出第一编第一章，称为泰纳《艺术论》，且写下了这篇《译者弁言》。

泰纳（Hippolyte-Adolphe Taine）是法国十九世纪后半叶的一个历史家兼批评家。他与勒南（Renan）并称为当时的两位大师。他的哲学是属于奥古斯特·孔特（Auguste Comte）派的实证主义。他从极年轻的时候，就孕育了一种彻底的科学精神，以为人类的精神活动是受物质的支配与影响，故他说精神科学（包括哲学、文学、美术、宗教等）可与自然科学同样的分析。他所依据的条件便是种族、环境、时代三者。这是他的前辈批评家圣伯夫（Saint-Beuve）所倡导而由他推之于极端的学说。泰纳的代表作品，在历史方面的《现代法兰西渊源》（*Les Origines de la France Contemporaine*），《大革命》（*La Révolution*）等，在哲学方面的《法国十九

世纪的古典哲学》(*Les Philosophie Classiques du XIXème-Siècle en France*)与《论智力》(*De l'Intelligence*)等，在文艺批评方面的《拉封丹及其寓言》(*Essais sur les Fables de La Fontaine*)、《英国文学史》(*Histoire de la Littérature Anglaise*)及《艺术论》(*Philosophie de l'Art*)等，都充满着一贯的实证说。他把历史、文学、哲学、美术都放到它们的生长的地域和时代中去，搜集当时的记载社会状况的文件，想由这些纯粹科学，纯粹理智的解剖，来得到产生这些文明的定律(Loi)。这本《艺术论》便是他这种方法之应用于艺术方面的。你们可以看到他在第一章里，开宗明义的宣布他的"学说"(Système)和"方法"(Méhode)，继即应用于推求"艺术之定义"；在第二、三、四编里，他接着讲意大利，佛兰德斯及古希腊等几个艺术史的大宗派，最后再讲他的"艺术之理想"，这便是他——泰纳的美学了！物质方面的条件都给他搜罗尽了，谁还能比他更精密地，更详细地分析艺术品呢？然而问题来了：拉封丹的时代固然产生了拉封丹了，鲁本斯时代的佛兰德斯固然产生了鲁本斯了，米开朗琪罗、拉斐尔时代的意大利也固然产生了米开朗琪罗、拉斐尔了；然而与他们同种族、同环境、同时代的人物，为何不尽是拉封丹、鲁本斯、米开朗琪罗、拉斐尔呢？固然"天才是不世出"的，群众永远是庸俗的；然而艺者创造过程的心

理解剖为何可以全部忽略了呢？人类文明的成因是否只限于“种族、环境、时代”的纯物质的条件？所谓“天才”究竟是什么东西？是否即他之所谓“锐敏的感觉”呢？这“锐敏的感觉”为什么又非常人所不能有，而具有这感觉的人又如何的把这感觉发展到成熟的地步，这些问题都有赖于心理学的解剖，而泰纳却把心理学完全隶属于生理学之下，于是充其量，他只能解释艺术品之半面，还有其他更深奥的半面我们全然没有认识。这是泰纳全部学说的弱点，也就是实证主义的大缺陷。他一生的工作极为广博，他原想把这一贯的实证论来应用于精神科学的各方面，以探求人类文明的原动力，就是定律。这固然是一件伟大的理想的事业，不幸他只看到了“人”的片面，于是他全部的工作终于没有达到他意想中的成功。

我们知道，现代文明的大关键，是在于科学万能之梦的打破。一八七〇年左右，达尔文的进化论发表了，贝特洛的化学综合论宣布了，格喇姆的第一个引擎造好了的时候[①]，全个欧洲都热狂的希望能用了新发明的利器——科学——来打出一条新路，宇宙、人生都可得一个新的总解决。不幸，

① 贝特洛（Marcellin Bcrthdot, 1827-1907），法国近代大化学家和政治家。格喇姆（Zénobe Theophilc Grarame, 1826-1901），法国电气工程师。格喇姆直流发电机发明者。

事实上一九一四年莱茵湖畔的一声大炮，就把这美妙的幻梦打得粉碎。原来追求人生的路还有那么遥远的途程要趱奔呢。科学只替我们加增了一件武器，根本上并没有彻底解决呢。科学即是真理，即是绝对的话，在现在谁还敢说呢？

在文学上，同样的自浪漫主义崩溃之后，由写实主义而至自然主义，左拉继承了泰纳等的学说，想以人类的精神现象都归纳到几个公式里去，然而不久也就与实证主义同其运命，发现“此路不通”了。

这样说来，泰纳的这部《艺术论》不是早已成为过去的艺术批评，且在今日的眼光中，不是成了不完全的“美学”了么？然而我之介绍此书，正着眼在其缺点上面，因这种极端的科学精神，正是我们现代的中国最需要的治学方法。尤其是艺术常识极端贫乏的中国学术界，如果要对于艺术有一个明确的认识，那么，非从这种实证主义的根本着手不可。人类文明的进程都是自外而内的，断没有外表的原因尚未明了而能直探事物之核心的事。中国学术之所以落后，之所以紊乱，也就因为我们一般祖先只知高唱其玄妙的神韵气味，而不知此神韵气味之由来。于是我们眼里所见的“国学”只有空疏，只有紊乱，只有玄妙！

西洋人从神的世界走到人的世界（文艺复兴），由渺茫的来世回到真实的现世；更由此把“自我”在“现世”中极度扩大起来，在物质文明的最高点上，碰了壁又在另找新路了。我们东方人还是落在后面，一步也没有移动过。物质文明不是理想的文明，然而不经过这步，又哪能发现其他的新路？谁敢说人类进化的步骤是不一致的？谁敢说现代中国的紊乱不是由于缺少思想改革的准备？我们须要日夜兼程的赶上人类（l'humanité ）的大队，再和他们负了同一的使命去探求真理。在这时候，我们比所有的人更须要思想上的粮食和补品，我敢说，这补品中的最有力的一剂便是科学精神，便是实证主义！

因此，我还是介绍泰纳的这本《艺术论》，我愿大家先懂得了，会用了这科学精神，再来设法补救它的缺陷！

译述方面的错误，希望有人能指正我。译名不统一的地方，当于将来全部完竣后重新校订。

一九二九年十月杪 译者于巴黎

# 音乐之史的发展

本文原载《艺术论集》，上海中华书局一九三五年四月出版。

## 一

晚近以来，音乐才开始取得它在一般历史上应占的地位。忽视了人类精神最深刻的一种表现，而谓可以窥探人类精神的进化，真是一件怪事。一个国家的政治生命，只是它的最浅薄的面目。要认识它内心的生命和行动的渊源，必得要从文学、哲学、艺术，那些反映着整个民族的思想、热情与幻梦的各方面，去渗透它的灵魂。

大家知道文学所贡献于历史的资料，例如高乃依[①] 的诗，笛卡尔[②] 的哲学，可以帮助我们了解三十年战争结束后的法国

① 高乃依（Pierre Corneille，1606–1684），法国著名悲剧家。

② 笛卡尔（René Descartes，1596–1650），法国哲学家、物理学家、数学家和生理学家。解析几何的创始人。

民族。假使我们没有熟悉百科全书派的主张，及十八世纪的沙龙的精神，那末一七八九年的法国大革命，将成为毫无生命的陈迹。

大家也知道，形象美术对于认识时代这一点上，供给多少宝贵的材料：它不啻是时代的面貌，它把当时的人品、举止、衣饰、习尚、日常生活的全部，在我们眼底重新映演。一切政治革命都在艺术革命中引起反响。一国的生命是全部现象——经济现象和艺术现象——联合起来的有机体，哥特式建筑的共同点与不同点，使十九世纪的维奥莱－勒－杜克[①]追寻出十二世纪各国通商要道。对于建筑部分的研究，例如钟楼，就可以看出法国王朝的进步，及首都建筑对于省会建筑之影响。但是艺术的历史效用，尤在使我们与一个时代的心灵，及时代感觉的背景接触。在表面上，文学与哲学所供给我们的材料，最为明白，而它们对于一个时代的性格，也能归纳在确切不移的公式中，但它们的单纯化的功效是勉强的，不自然的，而我们所得的观念，也是贫弱而呆滞；至于艺术，却是依了活动的人生模塑的。而且艺术的领域，较之文学要广大得多。法国的艺术，已经有十个世纪的历史，

① 维奥莱－勒－杜克（Eugene Emmanuel Viollet-le-Duc，1814-1879），法国建筑家、作家和理论家。

但我们往常只是依据了四世纪文学，来判断法国思想。法国的中古艺术所显示我们的内地生活，并没有被法国的古典文学所道及。世界上很少国家的民族，像法国那般混杂。它包含着意大利人的、西班牙人的、德国人的、瑞士人的、英国人的、佛兰德斯人的种种不同，甚至有时相反的民族与传统。这些互相冲突的文化都因了法国政治的统一，才融合起来，获得折衷，均衡。法国文学，的确表现了这种统一的情形，但它把组成法国民族性格的许多细微的不同点，却完全忽视了。我们在凝视着法国哥特式教堂的玫瑰花瓣的彩色玻璃时，就想起往常批评法国民族特性的论见之偏执了。人家说法国人是理智而非幻想，乐观的而非荒诞，他的长处是素描而非色彩的。然而就是这个民族，曾创造了神秘的东方的玫瑰。

由此可见，艺术的认识可以扩大和改换对于一个民族的概念。单靠文学是不够的。

这个概念，如果再由音乐来补充，将更怎样地丰富而完满！

音乐会把没有感觉的人弄迷糊了。它的材料似乎是渺茫得捉摸不住，而且是无可理解，与现实无关的东西。那么，

历史又能在音乐中间，找到什么好处呢？

然而，第一，说音乐是如何抽象的这句话是不准确的；它和文学、戏剧、一个时代的生活，永远保持着密切的关系。歌剧史对于风化史及交际史的参证是谁也不能否认的。音乐的各种形式，关联着一个社会的形式，而且使我们更能了解那个社会。在许多情形之下，音乐史并且与其他各种艺术史有十分密切的联络。各种艺术往往互相影响，甚至因了自然的演化，一种艺术常要越出它自己的范围而侵入别种艺术的领土中去。有时是音乐成了绘画，有时是绘画成了音乐。米开朗琪罗曾经说过："好的绘画是音乐，是旋律。"各种艺术，并没像理论家所说的，有怎样不可超越的樊篱。一种艺术可以承继别一种艺术的精神，也可以在别种艺术中达到它理想的境界：这是同一种精神上的需要，在一种艺术中尽量发挥，以致打破了一种艺术的形式，而侵入其他一种艺术，以寻求表白思想的最完满的形式。因此，音乐史的认识，对于造型美术史常是很需要的。

可是，就以音乐的原素来讲，它的最大的意味，岂非因为它能使人们内心的秘密，长久蕴蓄在心头的情绪，找到一种借以表白的最自由的言语？音乐既然是最深刻与最自然的

表现，则一种倾向往往在没有言语，没有事实证明之前，先有音乐的暗示。日耳曼民族觉醒的十年以前，就有《英雄交响曲》；德意志帝国称雄欧洲的前十年，也先有了瓦格纳的《齐格弗里德》（*Siiegfried*）。

在某种情况之下，音乐竟是内心生活的唯一的表白——例如十七世纪的意大利与德国，它们的政治史所告诉我们的，只有宫廷的丑史，外交和军事的失败，国内的荒歉，亲王们的婚礼……那么这两个民族在十八、十九两个世纪的复兴，将如何解释？只有他们音乐家的作品，才使我们窥见他们一二世纪后中兴的先兆。德国三十年战争的前后，正当内忧外患，天灾人祸相继沓来的时候，约翰·克里斯托夫·巴赫（Johann Christoph Bach），约翰·米夏埃尔·巴赫（Johann Michael Bach）〔他们就是最著名的音乐家约翰·塞巴斯蒂安·巴赫（Johann Sebastian Bach）的祖先〕，正在歌唱他们伟大的坚实的信仰。外界的扰攘和纷乱，丝毫没有动摇他们的信心。他们似乎都感到他们光明的前途。意大利的这个时代，亦是音乐极盛的时代，它的旋律与歌剧流行全欧，在宫廷旖旎风流的习尚中，暗示着快要觉醒而奋起的心灵。

此外，还有一个更显著的例子。是罗马帝国的崩溃，

野蛮民族南侵，古文明渐次灭亡的时候，帝国末期的帝王，与野蛮民族的酋长，对于音乐，抱着同样的热情。第四世纪起，开始酝酿那著名的《格列高利圣歌》（*Gregorian Chant*）。这是基督教经过二百五十年的摧残之后，终于获得胜利的凯旋歌。它诞生的确期，大概在公元五四〇年至六〇〇年之间，正当高卢人与龙巴人南侵的时代。那时的历史，只是罗马与野蛮民族的不断的战争、残杀、抢掠，那些最惨酷的记载；然而教皇格列高利手订的宗教音乐，已在歌唱未来的和平与希望了。它的单纯、严肃、清明的风格，简直像希腊浮雕一样的和谐与平静。瞧，这野蛮时代所产生的艺术，哪里有一分野蛮气息？而且，这不是只在寺院内唱的歌曲，它是五六世纪以后，罗马帝国中通俗流行的音乐，它并流行到英、德、法诸国的民间。各国的皇帝，终日不厌地学习，谛听这宗教音乐。从没有一种艺术比它更能代表时代的了。

由此，文明更可懂得，人类的生命在表面上似乎是死灭了的时候，实际还是在继续活跃。在世界纷乱、瓦解，以至破产的时候，人类却在寻找他的永永不灭的生机。因此，所谓历史上某时代的复兴或颓唐，也许只是文明依据了一部分现象而断言的。一种艺术，可以有萎靡不振的阶段，然而整

个艺术决没有一刻是死亡的。它跟了情势而变化，以找到适宜于表白自己的机会。当然，一个民族困顿于战争、疫疠之时，它的创造力很难由建筑方面表现，因为建筑是需要金钱的，而且，如果当时的局势不稳，那就决没有新建筑的需求。即其他各种造型美术的发展，也是需要相当的闲暇与奢侈，优秀阶级的嗜好，与当代文化的均衡。但在生活维艰、贫穷潦倒、物质的条件不容许人类的创造力向外发展时，它就深藏涵蓄；而他寻觅幸福的永远的需求，却使他找到了别的艺术之路。这时候，美的性格，变成内心的了；它藏在深邃的艺术——诗与音乐中去。我确信人类的心灵是不死的，故无所谓死亡，亦无所谓再生。光焰永无熄灭之日，它不是照耀这种艺术，就是照耀那种艺术；好似文明，如果在这个民族中绝灭，就在别个民族中诞生的一样。

因此，文明要看到人类精神活动的全部，必须把各种艺术史做一比较的研究。历史的目的，原来就在乎抓到人类思想的全部线索啊！

## 二

我们现在试把音乐之历史的发展大略说一说吧。它的地

位比一般人所想象的重要得多。在远古，古老的文化中，音乐即已产生。希腊人把音乐当做与天文、医学一样可以澄清人类心魂的一种工具。柏拉图认为音乐家实有教育的使命。在希腊人心目中，音乐不只是一组悦耳的声音的联合，而是许多具有确切内容的建筑。“最富智慧性的是什么？——数目；最美的是什么？——和谐”。并且，他们分别出某种节奏的音乐令人勇武，某一种又令人快乐。由此可见，当时人士重视音乐。柏拉图对于音乐的趣味尤其卓越，他认为公元前七世纪奥林匹克曲调后，简直没有好的音乐可听了。然而，自希腊以降，没有一个世纪不产生音乐的民族；甚至我们普遍认为最缺少音乐天禀的英国人，迄一六八八年革命时止，也一直是音乐的民族。

而且，世界上除了历史的情形以外，还有什么更有利于音乐的发展？音乐的兴盛往往在别种艺术衰落的时候，这似乎是很自然的结果。我们上面讲述的几个例子，中世纪野蛮民族南侵时代，十七世纪的意大利和德意志，都足令我们相信这情形。而且这也是很合理的，既然音乐是个人的默想，它的存在，只需一个灵魂与一个声音。一个可怜虫，艰苦穷困，幽锢在牢狱里，与世界隔绝了，什么也没有，但他可以创造出一部音乐或诗的杰作。

但这不过是音乐的许多形式中之一种罢了。音乐固然是个人的亲切的艺术，可也算社会的艺术。它是幽思、痛苦的女儿，同时也是幸福、愉悦，甚至轻佻浮华的产物。它能够适应、顺从每一个民族和每一个时代的性格。在我们认识了它的历史和它在各时代所取的种种形式之后，我们再不会觉得理论家所给予的定义之矛盾为可异了。有些音乐理论家说音乐是动的建筑，又有些则说音乐是诗的心理学。有的把音乐当做造型的艺术；有的当做纯粹表白精神的艺术。对于前者——音乐的要素是旋律（mélodie 或译曲调），后者则是和声（harmonie ）。实际上，这一切都对的，他们一样有理。历史的要点，并非使人疑惑一切，而是使人部分的相信一切，使人懂得在许多互相冲突的理论中，某一种学说是对于历史上某一个时期是准确的，另一学说又是对于历史上另一时期是准确的。在建筑家的民族中，如十五、十六世纪的法国与佛兰德斯民族音乐是音的建筑。在具有形的感觉与素养的民族，如意大利那种雕刻家与画家的民族中，音乐是素描、线条、旋律、造型的美。在德国人那种诗人与哲学家的民族中，音乐是内心的诗，抒情的表白，哲学的幻想。在弗朗索瓦一世与查理九世的朝代（十五、十六世纪），音乐是宫廷中风雅与诗意的艺术。在宗教革命的时代，它是信仰与奋斗的艺术。在路易十四朝中，它是歌舞升平的艺术。十八世纪则是沙龙

的艺术。大革命前期，它又成了革命人格的抒情诗。总而言之，没有一种方式可以限制音乐。它是世纪的歌声，历史的花朵；它在人类的痛苦与欢乐下面同样地滋长蓬勃。

三

我们在上面已经讲过音乐在希腊时代的发展过程。它不独有教育的功用，并且和其他的艺术、科学、文学，尤其是戏剧，发生密切的关系。渐渐地，纯粹音乐——器乐，在希腊时代占据了主要地位。罗马帝国的君主，如尼禄（Nero）、狄托（Titus）、哈德良（Hadrianus）、卡里古拉（Caligula）……都是醉心于音乐的人。

随后，基督教又借了音乐的力量去征服人类的心灵。公元四世纪时的圣安布鲁瓦兹（Saint Ambroise）曾经说过："它用了曲调与圣诗的魔力去蛊惑民众。"的确，我们看到在罗马帝国的各种艺术中，只有音乐虽然经过多少变乱，仍旧完美的保存着，而且，在罗马与哥特时代，更加突飞猛进。圣多玛氏说："它在七种自由艺术中占据第一位，是人类的学问中最高贵的一种。"在沙特尔（Chartres）城，自十一至十四世纪，存在着一个理论的与实习的音乐学派。图卢

兹（Toulouse）大学，在十三世纪已有音乐的课程。十三至十五世纪的巴黎，为当时音乐的中心，大学教授的名单上，有多少是当代的音乐理论家！但那时代音乐美学与现代的当然不同，他们认为音乐是无个性的艺术（L'art impersonnel ），需要清明镇静的心神与澄彻透辟的理智。十三世纪的理论家说："要写最美的音乐的最大的阻碍，是心中的烦愁。"这是遗留下来的希腊艺术理论。它的精神上的原因，是合理的而非神秘的，智慧的而非抒情的；社会的原因，是思想与实力的联合，不论是何种特殊的个人思想，都要和众人的思想提携。但对于这种古典的学说，老早就有一种骑士式诗的艺术，一种热烈的情诗与之崛起对抗。

十四世纪初，意大利已经发现文艺复兴的先声，在但丁、彼得拉克（ Petrarque ）、乔托的时代，翡冷翠的马德里加尔（madrigal）式的情歌、猎曲，流传于欧洲全部。十五世纪初叶，产生了用于伴奏的富丽的声乐。轻佻浮俗的音乐中的自由精神，居然深入宗教艺术，以致在十五世纪末，音乐达到与其他的艺术同样光华灿烂的顶点。佛兰德斯的对位学家是全欧最著名的技术专家。他们的作品都是华美的音的建筑，繁复的节奏，最初并不是侧重于造型的。可是到了十五世纪最后的二十五年，在别种艺术中已经得势

的个人主义，亦在音乐中苏醒了；人格的意识，自然的景慕，一一回复了。

自然的模仿，热情的表白：这是在当时人眼中的文艺复兴与音乐的特点；他们认为这应该是这种艺术的特殊的机能。从此以后，直到现代，音乐便继续着这条路径在发展。但那时代音乐的卓越的优长，尤其是它的形象美除了韩德尔（Handel）和莫扎特的若干作品以外，恐怕从来没有别的时代的音乐足以和它媲美。这是纯美的世纪，它到处都在，社会生活的各方面，精神科学的各门类，都讲究“纯美”。音乐与诗的结合从来没有比查理九世朝代更密切的了。十六世纪的法国诗人多拉（Dorat）、若代尔（Jodelle）、贝洛（Belleau），都唱着颂赞自然的幽美的诗歌；大诗人龙萨（Ronsard）说过：“没有音乐性，诗歌将失掉了它的妩媚；正如没有诗歌一般的旋律，音乐将成为僵死一样。”诗人巴伊夫（Baif）在法国创立诗与音乐学院，努力想创造一种专门歌唱的文字，把他自己用拉丁和希腊韵所作的诗来试验：他的大胆与创造力实非今日的诗人或音乐家所能想象。法国的音乐性已经达到顶点，它不复是一个阶级的享乐，而是整个国家的艺术，贵族、知识阶级、中产阶级、平民，旧教和新教的寺院，都一致为音乐而兴奋。亨利八世和伊丽莎白女王（十五—十六世

纪）时代的英国，马丁路德（十五—十六世纪）时代的德国，加尔文时代的日内瓦，利奥十世治下的罗马，都有同样昌盛的音乐。它是文艺复兴最后一枝花朵，也是最普及于欧罗巴的艺术。

情操在音乐上的表白，经过了十六世纪幽美的，描写的情歌，猎曲等等的试验，逐渐肯定而准确了，其结果在意大利有音乐悲剧的诞生。好像在别种意大利艺术的发展与形成中一样，歌剧也受了古希腊的影响。在创造者心中，歌剧无异是古代悲剧的复活；因此，它是音乐的，同时亦是文学的。事实上，虽然以后翡冷翠最初几个作家的戏剧原理被遗忘了，音乐和诗的关系中断了，歌剧的影响却继续存在。关于这一点，我们对于十七世纪末期起，戏剧思想所受到的歌剧的影响还没有完全考据明白。我们不应当忽视歌剧在整个欧洲风靡一时的事实，认为是毫无意义的现象。因为没有它，可以说时代的艺术精神大半要淹没；除了合理化的形象以外，将看不见其他的思想。而且，十七世纪的淫乐，肉感的幻想，感伤的情调，也再没有比在音乐上表现得更明白，接触到更深奥的底蕴的了。这时候，在德国，正是相反的情况，宗教改革的精神正在长起它的坚实的深厚的根底。英国的音乐经过了光辉的时代，受着

清教徒思想的束缚，慢慢地熄灭了。意大利的文艺复兴已经在迷梦中睡去，只在追求美丽而空洞的形象美。

十八世纪，意大利音乐继续反映生活的豪华，温柔与空虚。在德国，蕴蓄已久的内心的和谐，由了韩德尔与巴赫，如长江大河般突然奔放出来。法国则在工作着，想继续翡冷翠人创始的事业——歌剧，以希腊古剧为模型的悲剧。欧洲所有的大音乐家都聚集在巴黎，法国人、意大利人、德国人、比国人，都想造成一种悲剧的或抒情的喜剧风格。这工作正是十九世纪音乐革命的准备。十八世纪德意两国的最大天才是在音乐上，法国虽然在别种艺术上更为丰富，但其成功，实在还是音乐能够登峰造极。因为，在路易十五治下的画家与雕刻家，没有一个足以与拉摩（Rameau，一六八三—一七六四）的天才相比的。拉摩不独是吕里（Lully，一六三三—一六八七）的继承者，并且奠定了法国歌剧，创造了新和音，对于自然的观察，尤有独到处。到了十八世纪末叶，格鲁克（Gluck，一七一四—一七八七）的歌剧出现，把全欧的戏剧都掩蔽了。他的歌剧不独是音乐上的杰作，也是法国十八世纪最高的悲剧。

十八世纪终，全欧受着革命思潮的激荡，音乐也似乎苏

醒了。德法两国音乐家研究的结果，与交响乐的盛行，使音乐大大地发展它表情的机能。三十年中，管弦乐合奏与室内音乐产生了空前的杰作。过去的乐风由海顿和莫扎特放发了一道最后的光芒之后，慢慢地熄灭了。一七九二年法国革命时代的音乐家戈塞克（Gossec）、曼于（Mehul）、勒絮尔（Lesueur）、凯鲁比尼（Cherubini）等，已在试作革命的音乐；到了贝多芬，唱出最高亢的《英雄曲》，才把大革命时代的拿破仑风的情操，悲怆壮烈的民气，完满地表现了。这是社会的改革，亦是精神的解放，大家都为狂热的战士情调所鼓动，要求自由。

末了，便是一片浪漫底克的诗的潮流。韦伯（Weber）、舒伯特（Schubert）、萧邦（Chopin）、门德尔松（Mendelssohn）、舒曼（Schumann）、柏辽兹（Berlioz）等抒情音乐家，新时代的幻梦诗人，慢慢地觉醒，仿佛被一种无名的狂乱所鼓动。古意大利，懒懒地，肉感地产生了它最后两大家——罗西尼（Rossini）与贝利尼（Bellini）；新意大利则是犷野威武的威尔第（Verdi）唱起近世意大利统一的雄壮的曲子。德国则以强力著称的瓦格纳（Wagner）预示德意志民族统治全欧的野心。德国人沉着固执、强毅不屈的精神，与幻想抑郁、神秘莫测的性格，都在瓦格纳的悲剧中具体地吐露了。

从犷野狂乱、感伤多情的浪漫主义转变到深沉的神秘主义，这一种事实，似乎令人相信音乐上的浪漫主义的花果，较之文学上的更丰富庄实。这潮流随后即产生了法国的赛查·弗兰克（César Franck），意大利与比利时的宗教歌剧（oratorio）以及回复古希腊与伯利恒的乐风。现代音乐，一部分虽然应用十九世纪改进了的器乐，描绘快要破落的优秀阶级的灵魂，一部分却在提倡采取通俗的曲调，以创造民众音乐。自比才（Bizet）至穆索尔斯基（Moussórgsky），都是努力于表现民众情操的作家。

以上所述，只是对于广博浩瀚的音乐史的一瞥，其用意不过要借以表明音乐和社会生活的其他方面，怎样的密切关联而已。

我们看到，自有史以来，音乐永远开着光华妍丽的花朵：这对于我们的精神，是一个极大的安慰，使我们在纷纭扰攘的宇宙中，获得些微安息。政治史与社会史是一片无穷尽的争斗，朝着永远成为问题的人类的进步前去，苦闷的挣扎只赢得一分一寸的进展。然而，艺术史却充满了平和与繁荣的感觉。这里，进步是不存在的。我们往后瞭望，无论是如何遥远的时代，早已到达了完满的境界。可是，这也不能使我

们有所失望或胆怯，因为我们再不能超越前人。艺术是人类的梦，光明、自由、清明而和平的梦。这个梦永不会中断。无论哪一个时代，我们总听到艺术家在叹说：“一切都给前人说完了，我们生得太晚了。”一切都说完了，也许是吧！然而，一切还待说，艺术是发掘不尽的，正如生命一样。

〔附白〕

本文取材，大半根据罗曼·罗兰著的《古代音乐家》“导言”。

# 现代中国艺术之恐慌

本文原载《艺术旬刊》第一卷第四期，一九三二年十月。

去夏回国前二月，巴黎*L'Art Vivant*杂志编辑Feis君，嘱撰关于中国现代艺术之论文，为九月份（一九三一）该杂志发刊《中国美术专号》之用，因草此篇以应。兹复根据法文稿译出，以就正于本刊读者。原题为*La Crise de L'Art Chinois Modern* 。

附注亦悉存其旧，并此附志。

现代中国的一切活动现象，都给恐慌笼罩住了：政治恐慌，经济恐慌，艺术恐慌。而且在迎着西方的潮流激荡的时候，如果中国还是在它古老的面目之下，保持它的宁静和安谧，

那倒反而是件令人惊奇的事了。

可是对于外国，这种情形并不若何明显，其实，无论在政治上或艺术上，要探索目前恐慌的原因，还得往外表以外的内部去。

第一，中国艺术是哲学的，文学的，伦理的，和现代西方艺术完全处于极端的地位。但自明末以来（十七世纪），伟大的创造力渐渐地衰退下来，雕刻久已没有人认识；装饰美术也流落到伶俐而无天才的匠人手中去了；只有绘画超生着，然而大部分的代表，只是一般因袭成法，摹仿古人的作品罢了。

我们以下要谈到的两位大师，在现代复兴以前诞生了：吴昌硕（一八四四——一九二八）与陈师曾（一八七三——一九二二）——这两位，在把中国绘画从画院派的颓废的风气中挽救出来这一点上，曾做出值得颂赞的功劳。吴氏的花卉与静物，陈氏的风景，都是感应了周汉两代的古石雕与铜器的产物。吴氏并且用北派的鲜明的颜色，表现纯粹南宗的气息。他毫不怀疑地把各种色彩排比成强烈的对照；而其精神的感应，则往往令人发现极度摆脱

物质的境界：这就给予他的画面以一种又古朴又富韵味的气象。

然而，这两位大师的影响，对于同代的画家，并没产生相当的效果，足以撷取古传统之精华，创造现代中国的新艺术运动。那些画院派仍是继续他的摹古拟古，一般把绘画当作消闲的画家，个个自命为诗人与哲学家，而其作品，只是老老实实地平凡而已。

这时候，“西方”渐渐在“天国”里出现，引起艺术上一个很不小的纠纷，如在别的领域中一样。

这并非说西方艺术完全是簇新的东西：明末，尤其是清初，欧洲的传教士，在与中国艺术家合作经营北京圆明园的时候，已经知道用西方的建筑、雕塑、绘画，取悦中国的帝皇。当然，要谈到民众对于这种异国情调之认识与鉴赏，还相差很远。要等到十九世纪末期，各种变故相继沓来的时候，西方文明才挟了侵略的威势，内犯中土。

一九一二，正是中国宣布共和那一年，一个最初教授油画的上海美术学校，由一个年纪轻轻的青年刘海粟氏创办了。

创立之目的，在最初几年，不过是适应当时的需要，养成中等及初等学校的艺术师资。及至七八年以后，政府才办了一个国立美术学校于北京。欧洲风的绘画，也因了一九一三、一九一五、一九二〇年，刘海粟氏在北京上海举行的个人展览会，而很快地发生了不少影响。

这种新艺术的成功，使一般传统的老画家不胜惊骇，以至替刘氏加上一个从此著名的别号："艺术叛徒"。上海美术学校且也讲授西洋美术史，甚至，一天，它的校长采用裸体的模特儿（一九一八年）。

这种新设施，不料竟干犯了道德家，他们屡次督促政府加以干涉。最后而最剧烈的一次战争，是在一九二四年发难于上海。"艺术叛徒"对于西方美学，发表了冗长精博的辩辞以后，终于获得了胜利。

从此，画室内的人体研究，得到了官场正式的承认。

这桩事故，因为他表示西方思想对于东方思想，在艺术的与道德的领域内，得到了空前的胜利，所以尤有特殊的意义。然而西方最无意味的面目——学院派艺术，也紧接着出现了。

美专的毕业生中，颇有到欧洲去，进巴黎美术学校研究的人，他们回国摆出他们的安格尔（Ingres）、达维特（David），甚至他们的巴黎的老师。他们劝青年要学漂亮（distingue）、高贵（noble）、雅致（élégant）的艺术。这些都是欧洲学院派画家的理想。可是上海美专已在努力接受印象派的艺术，凡高，塞尚，甚至玛蒂斯[①]。

一九二四年，已经为大家公认为受西方影响的画家刘海粟氏，第一次公开展览他的中国画，一方面受唐宋元画的思想影响，一方面又受西方技术的影响。刘氏在短时间内研究过欧洲画史之后，他的国魂与个性开始觉醒了。

至于刘氏之外，则多少青年，过分地渴求着“新”与“西方”，而跑得离他们的时代与国家太远！有的自号为前锋的左派，模仿立体派、未来派、达达派的神怪的形式，至于那些派别的意义和渊源，他们只是一无所知的茫然。又有一般自称为人道主义派，因为他们在制造普罗文学的绘画（在画布上描写劳工、苦力等）；可是他们的作品，既没有真切的情绪，也没有坚实的技巧。他们还不时标出新理想的旗帜（宗

① 上海美专出版之《美术》杂志，曾于一九二一年正月发刊后期印象派专号。

师和信徒，实际都是他们自己），把他们作品的题目标做“摸索”、“苦闷的追求”、“到民间去”，等等等等。的确，他们寻找字眼，较之表现才能，要容易得多！

一九三〇至一九三一年中间，三个不同的派别在日本、比国、德国、法国举行的四个展览会，把中国艺坛的现状，表现得相当准确了。①

现在，我们试将东方与西方的艺术论见发生龃龉的理由，做一研究。

第一是美学。在谢赫的六法论（五世纪）中，第一条最为重要，因为它是涉及技巧的其余五条的主体。这第一条便是那“气韵生动”的名句。就是说艺术应产生心灵的境界，使鉴赏者感到生命的韵律，世界万物的运行，与宇宙间的和谐的印象。这一切在中国文字中归纳在一个“道”字之中。

---

①（一）一九三〇年日本东京，西湖艺专师生合作展览会；（二）一九三一年四月至五月，比京白鲁塞尔，徐悲鸿个人绘画展览会；（三）一九三一年四月，德国法兰克福中国现代国画展览会；（四）一九三一年六月，法国巴黎，刘海粟个人西画展览会。

在中国，艺术具有和诗及伦理恰恰相同的使命。如果不能授与我们以宇宙的和谐与生活的智慧，一切的学问将成无用。故艺术家当排脱一切物质、外表、迅暂，而站在“真”的本体上，与神明保持着永恒的沟通。因为这，中国艺术具有无人格性的、非现实的、绝对“无为”的境界①。

这和基督教艺术不同。它是以对于神的爱戴与神秘的热情（passion mystique）为主体的，而中国的哲学与玄学却从未把“神明”人格化，使其成为“神”，而且它排斥一切人类的热情，以期达到绝对静寂的境界。

这和希腊艺术亦有异，因为它蔑视迅暂的美与异教的肉的情趣。

刘海粟氏所引起的关于“裸体”的争执，其原因不只是

---

① 两种不同思想支配着中国美学：一种是孔子的儒家思想，伦理的，人文的，主张取法于自然的和谐及其中庸。它的哲学基础，是把永恒的运动，当做宇宙的根本原素的宇宙观。一种是老子的道家思想，形而上的，极端派的。老子说天地之道是“无为”“道常无为而无不为”，因为他假设“空虚”比“实在”先（“有之以为利，无之以为用”），而“无”乃“有”之母，“天地万物生于有，有生于无”；故欲获得尘世的幸福，须先学得“无为”。在艺术上，儒家思想引起的灵感是诗，而道家思想引起的是纯粹的精神内省与心魂超脱。

道德家的反对，中国美学对之，亦有异议。全部的中国美术史，无论在绘画或雕刻的部分，我们从没找到过裸体的人物。

并非因为裸体是秽亵的，而是在美学，尤其在哲学的意义上“俗”的缘故。中国思想从未认为人类比其他的人物来得高卓。人并不是依了“神”的形象而造的，如西方一般，故他较之宇宙的其他的部分，并不格外完满。在这一点上，“自然”比人超越，崇高，伟大万倍了。他比人更无穷，更不定，更易导引心灵的超脱——不是超脱到一切之上，而是超脱到一切之外。

在我们这时代，清新的少年，原始作家所给予我们的心向神往的、可爱的、几乎是圣洁的天真，已经是距离得这么地辽远。而在纯粹以精神为主的中国艺术，与一味寻求形与色的抽象美及其肉感的现代西方艺术，其中更刻画着不可飞越的鸿沟！

然而，今日的中国，在聪明地中庸地生活了数千年之后，对于西方的机械、工业、科学以及一切物质文明的诱惑，渐渐保持不住她深思沉默的幽梦了。

啊，中国，经过了玄妙高迈的艺术光耀着的往昔，如今反而在固执地追求那西方已经厌倦，正要唾弃的“物质”：这是何等可悲的事，然也是无可抵抗的运命之力在主宰着。

**图书在版编目（CIP）数据**

这难得的世间 / 傅雷著. -- 南京: 江苏凤凰文艺出版社, 2017.9
ISBN 978-7-5594-0972-0

Ⅰ. ①这… Ⅱ. ①傅… Ⅲ. ①散文集 - 中国 - 当代 Ⅳ. ①I313.45

中国版本图书馆CIP数据核字（2017）第195336号

| | |
|---|---|
| 书　　名 | 这难得的世间 |
| 作　　者 | 傅　雷 |
| 责任编辑 | 邹晓燕　黄孝阳 |
| 出版发行 | 江苏凤凰文艺出版社 |
| 出版社地址 | 南京市中央路 165 号，邮编：210009 |
| 出版社网址 | http://www.jswenyi.com |
| 发　　行 | 北京时代华语国际传媒股份有限公司　010-83670231 |
| 印　　刷 | 北京中科印刷有限公司 |
| 开　　本 | 880 × 1230 毫米　1/32 |
| 印　　张 | 9 |
| 字　　数 | 160 千字 |
| 版　　次 | 2017 年 9 月第 1 版　2017 年 9 月第 1 次印刷 |
| 标准书号 | ISBN 978-7-5594-0972-0 |
| 定　　价 | 39.80 元 |

艺术是一种享受，一切享受中最迷人的享受。

——（法）罗曼·罗兰